岸田理生戯曲集

I

捨子物語

岸田理生

而立書房

目次

捨子物語

岸田理生戯曲集 I

装幀・神田昇和

捨子物語

登場人物

灰子
男（老娼婦むぎ、第六の男、遠眼鏡、下男、米男、人形作り、憲兵）
老人
ひぐるま
ゆき
写真師
車夫
薬屋
客
裁判長
検事
少年兵1
〃　2
〃　3
少年兵4
少女娼婦かぜ
少女娼婦はな
書生
黒紗
鬼面
畳売り
軍人
犯
老娼掃1
老娼婦2
三浦謹之助博士
手まり少女
少女
兵隊

1　彼方より

濃い闇の中で一人の老人がマッチを擦り、蠟燭に火をつける。見世物の一行に置き去りにされた下足番の老人である。老人はこわれかけた七輪を運んでくると破れた渋団扇でバタバタと煽ぎ、煤けた鍋を乗せる。

一陣のつむじ風が蓆をはためかせてすぎると、

老人　うぅ寒い、足の指から心の臓までジワジワ霜焼けになってゆきそうだ。この年になると、どうせ焼かれるんなら、お天道さまにあぶられる方がいい。（渋団扇で七輪を煽ぎながら）一夏激しい暑さに雲の峰も焼いた霰のように小さく焦げて、ぱちぱちと音がして、火の粉になってこぼれそうな日盛りに、つべたく冷やしたヤツを引っかけると、（思い入れで）うぅ、たまらない。胃の腑が一時にひいやりして、そのあとから命水がわいてくる……。（と、肩を落とし）それにくらべ、犬も鳴かないような寒夜がこう続いちゃ、犬のかわりに五体の骨っぷしがギシギシ鳴りだしそうだ。いくら鳴っても他人様はみなつんぼのおし。死神が背中に貼っついた爺の夜泣きじゃ、だぁれも聞いちゃあくれない。（ぶるぶるっと体を震わし）小便は近くなる眼はかすむ。（言いながら立ち上がり）呼んでくれるのは、墓場に雪隠ばかりだ。（と眩きながら去る）

そのあいだゆっくりと歩いていた少女（灰子）が蠟燭の炎を見つけると近寄って手をかざす。右の人さし指に包帯を巻いた両手をあぶりながら、十本の指で影絵をつくる。
戻って来た下足番の老人が灰子をみつけ、

老人　わあっ（と、二、三歩あとじさり）びっくり亀の子、なんだ？
灰子　火事です。
老人　か、火事だって、どこが？
灰子　ほら（と蠟燭をさし）火事です。
老人　なんだ。（と近寄り）火遊びしちゃいけないよ。
灰子　火遊びされたのです。
老人　肩上げも取れない小娘がそんなことを言うもんじゃない。（包帯を巻いた人さし指を見ながら）その人さし指はどうしたんだね？　犬にでも噛まれたのかね？
灰子　（首を横に振る）
老人　庖丁で切ったのかね？
灰子　（首を横に振る）
老人　油が跳ねて火傷だ！
灰子　（首を振る）
老人　犬でなし庖丁でなし……、
灰子　人でなし……指さす人が見つからないのです。

老人　面白いことを言う子だ。人さし指は人をさす指か。もっともこの年になっちゃ、さされるのはうしろゆびばかりだ。さっ、もうお帰り。爺はこれから夕飯だ。タクワンに麦めしのな。

灰子　びんぼう人！

老人　なんてことを言うんだ。

灰子　びんぼう人！

老人　親の顔が見たいよ。

灰子　親には顔なんてありません。

老人　えっ何だって？

灰子　子守唄をうたってくれるあたしの父さんには顔がありません。

老人　そりゃあ悪いことを言ったな。

灰子　おじさん！

老人　なんだね？

灰子　赤い鳥を見ませんでしたか？

老人　えっ？

灰子　赤い鳥です。

老人　赤い鳥？

灰子　真っ赤な鳥を見ませんでしたか？　舌を切られた赤い鳥。

老人　何をきられたって？

灰子　舌です。舌を切られたのです。
老人　なんで？
灰子　嘘ついたから、鋏で切られて啞にされたんです。
老人　知らないねえ、そんな鳥。
灰子　気をつけて！　あれは、わるい鳥です。あの鳥がいる間は、父さんがみつからないのです。
老人　かわいそうに。（と自分の頭をさし）ここがおかしいらしい。
灰子　おじさん？
老人　なんだね？
灰子　大正楼という名前の娼婦宿を知りませんか？
老人　この辺じゃみんな知っている。毎夜、人買い船に乗せられて女たちが売られてくる鬼屋敷だからな。この道をまっすぐ行って、糸屋の角を曲がって、米屋の前を通って、蠟燭屋をすぎて、提灯屋から数えて三軒目の家だ。おまえ、まさか売られるんじゃないだろうね？
灰子　貰い子されるんです。
老人　年はいくつだね？
灰子　わかりません。
老人　いつ生まれたんだね？
灰子　わかりません。
老人　どうして？

灰子　いくら前のことを考えても、もう生まれてしまったあとのあたししか、思い出せないのです。
老人　指を折って数えてごらん、
灰子　（人さし指をのぞく指を折っては、ひらきしているが、その内に）百歳！

と、笑いながら逃げてゆく。

暗転。

2　黄金向日葵

前景のラストから、ゆっくりと灰子が大正楼に向かって歩いてゆく間に、ぽつんぽつんと明かりが点く。大正の下町、路地の夕昏れ、逢魔が時の電柱の下では、一人の少女娼婦（ゆき）が影踏みをしている。白首の娼婦（かぜ）は顔見世格子の中で客を手招き、もう一人の少女娼婦（はな）は客の書生とあやとりをしている。

隅には日めくりをめくっている老いたる娼婦（むぎ）。

客を待つ娼家のざわめき。どこからか幻の海の音がきこえてくる。色硝子が照らしだす大正楼の女主人の部屋では、半裸の男（犯）が寝そべって万朝報の三面記事に読みふけっている。

正面には巨大な大正天皇の額。その下には一升壜がかざられている。片手に生きた魚、片手に庖丁を持った女主人（ひぐるま）があらわれると俎板の上に魚を乗せ、庖丁でその頭を一瞬の内に切り落とす。

ひぐるま　きのうは一日、魚にたたられた。魚の夢見て眼がさめたと思ったら、朝っぱらから釣りの客がやってきた。午後になったら魚屋がピンピンはねる鯉を持ってきた。おまけに夜は夜で、売れない絵描きが、真っ黒な魚の絵を買ってくれと訪ねてきた。朝から晩まで、魚、魚、魚。きっと悪いことが起こる前触れにちがいない。

と、影踏みの少女（ゆき）が、

ゆき　あの人が悪いんです。大正を背中にしょったあの人が新聞紙の遠眼鏡で世の中のぞくから、みんながわるい夢、見るんです。
ひぐるま　なんてこと言うんだい？　あの人はいい人です。魚が安いのは魚屋のせい。米が高いのは米屋のせいですよ。あの人とは関係ありません。
ゆき　でも魚は、米、食いません。米を喰うのは、赤い鳥小鳥。
ひぐるま　しっ！　お黙り！　そんなことを言うと、憲兵さんが来るよ。一体、おまえ、客も取らずに、そんなところで何をしているんだい？
ゆき　……
ひぐるま　言ってごらん。
ゆき　……影踏み。
ひぐるま　縁起でもない。家の中には電気も点いたのに、外で自分の影なんか踏んでると、影さらいがくる。赤いマントの男に影を踏まれたら……死ぬよ。
ゆき　おかめの面つけて、田んぼで田植えの子をさらったのは、（と、人さし指をのばして）だ・れ？
ひぐるま　（ぎょっとしながら）うるさい！　世迷い言を言ってないで、さっさと中にお入り。（と、寝ていた男をこずき）何かおもしろいことでも、あるのかい？
犯　浅草常盤団のオペラの怪人が、踊り子の首を切ったそうだ。銀座資生堂ではパーマネントをかけてくれる。ダグラス・フェアバンクス主演の「ロビン・フッド」が大当たり。おあとはロシア革命にシベリア出兵。富山県魚津大町じゃ女たちが米騒動の赤い旗。こしまき振って県知事を困らせてるそうだ。

と、ひぐるまが灰子を見つける。

ひぐるま　誰だい、おまえ。
灰子　貰い子されてきたのです。
ひぐるま　泥棒みたいに、こっそり入ってくるんじゃないよ。それなら、さっさとニワトリにおなり。
灰子　えっ？
ひぐるま　ニ・ワ・ト・リ、だよ。鶏。地面に落ちてる米を拾うんだ。（と、入ってきたゆきに）おまえもだよ。
ゆき　怒鳴らないで下さい。耳がかあいそうです。

と、ニワトリの真似をして鳴きはじめる。

灰子　あっ！

見ると、ゆきの鳴きまわる地面に点々と血が滴っている。
憑かれたようにコッコッと鳴く、ゆき。

灰子　なんて赤い、血！
ひぐるま　ははは……。ようやく娘になったよ。十で買われて三年たって、赤い椿の花いちもんめ。明日からは男に抱かれる泥人形だ。
灰子　もう人形です。
ひぐるま　なんだって？
灰子　この鳥籠に赤い鳥をとじこめるまで、人さし指の包帯がほどけるまで、そしてあの人がみつかるまで——。
ひぐるま　小娘の癖して男さがしかい。渡り鳥を追いかけているのかい。
灰子　父さんをさがしているんです。
ひぐるま　父さん？
灰子　そうです。夕顔の棚の下で、裸になって行水をしていた陸軍中佐の父さん。
ひぐるま　大方、今頃はオペラ小屋で下足番でもしてるんだろうよ。（と、ゆきに）さっさと奥に行って体を洗っておいで。
灰子　あたしの父さんを知りませんか？
ひぐるま　知らないよ。

ゆき　（よろめきながら）眼かくしして、男に抱かれりゃいいのさ。そうすりゃ、誰でも父さんだ。

と去る。
そこへ巨大な額、写真機などを背負って写真師がくる。

写真師　（大声で）おはようございます。（写真額をおろし）今月の「てんのうさま」を持ってきました。できたての「てんのうさま」ですよ。
ひぐるま　まあ立派だこと。先月のてんのうさまよりも、また一段と男っぷりが上がったようね。勲章までついているわ。
写真師　何しろ、今月の「てんのうさま」は大礼服ですからね。（と、飾ってあった額をはずし）それじゃ、先月のてんのうさまはいただいていきますよ。
ひぐるま　それがすんだら、みんなの写真を撮っておくれ。あんたの来るのが三日遅れたもんだから、その分、皺がふえちまった。毎月一回、ちゃんと来てくれなくちゃ、困るじゃないか。
写真師　わたしの方にも、色々と都合がありましてね。近頃は、東京に住みたがる者がふえて、そのたびに戸籍謄本を作らなくちゃならない。
ひぐるま　そう言えば、家の隣りにも、豆腐屋が引っ越して来たよ。
写真師　そりゃあ、初耳だ。
ひぐるま　朝から晩まで雨戸を閉めきってるから、だれの顔も見たことがないけどね。

写真師　顔を見たことがないんですって？　そりゃあ怪しい。憲兵隊には、もう報告しましたか？
ひぐるま　したよ。でも誰も調べに来ない。
写真師　ますます変だ。皇室御用写真師および大東京市戸籍係の私にも知らせてこないなんて。早速、写真を撮らなければ……

と、出て行きかけるのを慌ててひきとめ、

ひぐるま　豆腐屋の戸籍しらべより、先にみんなの写真を撮っておくれ。一ト月、待っていたんだから。
写真師　そうでした。（写真機を取り出し）はい、皆さん、並んで下さい。

一同、並ぶ。

写真師　男の方はいいんですよ、男は要りません。女の子だけ、女の子だけ。
書生　不公平だ。差別だ！
写真師　男は、身分証明の時だけ写真を撮りゃいいんです。毎月写真を撮られる男は、前科者にやくざに浮浪者に、てんのうさまだけ。あんた、ちゃんと住所があるんでしょう。

書生、引き下る。

写真師　さっ、これで全部ですか？

と、一隅の老いたる娼婦（むぎ）が慌てて飛び出してくる。

むぎ　あたしがいるよ。
写真師　わぁ！　婆あだ！　わぁ！　みにくい。
むぎ　あたしも撮っておくれ。
ひぐるま　おまえは、いいんだよ。
むぎ　あたしだって女です
写真師　そんな婆あじゃ、いくらわたしの腕が良くても、無理ですよ。一体、この前写真を撮られたのは、いつです？
むぎ　忘れちまった。
写真師　毎月一回、きちんと写真を撮ってりゃ、そんなに老けやしないのに、怠けるからですよ。
ひぐるま　大体、おまえ、もう、月のものもありゃしないんだろ！
むぎ　ちゃんとありますよ。
ひぐるま　嘘をついても駄目。毎月ついたちには、鼠を殺して、その血を足の間に塗りつけてるんじゃないか、ちゃんと知っているよ。

むぎ　まあ、ひどい！　石女のおまえさんが、毎月、無駄に血を流しているのと、大して変わりゃしませんよ。朝、昼、晩の厚化粧の下には、からっぽの洞穴があるばかりだ。

写真師　（睨み合っている二人をよそに）はい、並んで、並んで、ババァと年増は、放っときましょう。ああいうのを、ないものねだりの子守唄と言うんです。

かぜ　田舎の母さんに送ってくれますか？

写真師　勿論ですよ。

かぜ、はな、並んで笑顔になる。

写真師　わたしが写せば、その分苦労が消える。皺がとれる。ヘチマコロンよりも効く若返りの妙薬だ。（と、かぜに）おや、今月は、ずい分よく働いたと見えて、眼の下に隈ができていますよ。さっ、今、その影をもらいますからね。はい、動かないで、鳩が出ますよ！

フラッシュ一閃！

すべての明かりが消える。

その中に残る、ゆきと写真師。

そして、その背後には、女装を脱ぎすて写真師をあやつる軍帽をかぶった、むぎがいる。

ゆき　あっ！　あんたは。

むぎ　女郎のむぎだよ！

そして、いきなり口調を変え、人形化した写真師の口を借り、

写真師（実はむぎ）　なぜ、写真機から逃げる？

ゆき　影を盗まれるから。

写真師（実はむぎ）　盗む？　わたしは写す写真の中に、老いを封じこめ、少女たちを一つの時間に置いておくのだ。

ゆき　そして、暗室で、みんなの過去を知る。おまえのせいで、みんな記憶の迷い子だ。あたしはいや。あたしの影はあたしのもの。

写真師（実はむぎ）　影を背中に貼りつけて、人より早く年をとるのか？

ゆき　影盗まれた人形より、老いて花見がしたいだけ。

写真師（実はむぎ）　家なき児になり、墓場に行くがいい。は、は、は、凍った時の中にとじこめられた女たちのうらみの声が現像液の底から浮かびあがってくる。暗室に吊られたフィルムの中で、女たちは年老い、くりかえされる日々に少女のままでいる。私が持ちかえるのは老いの時間だ。五ワットの赤色電球が照らし出す暗い部屋、そこで私一人を相手に老婆が語る女郎屋の悪夢、私

は知っている。陸軍大将が愛撫のさなかにあげる呻き声。裁判長閣下の女装癖、侍従長は女郎に鞭打たれてよろこび、大僧正は犬になる娼婦宿の千夜一夜

そうさ、わたしは影を盗む男そして、

知りすぎた男だ………。

ゆっくりと、暗転。

3　鬼面抄

夜——。吊り寝台に寝ている灰子のまわりだけがぼんやりと明るい。見ると、天井には無数の穴が開いており、そこから月の光が射しこんでくるのである。灰子の眠りを怯やかす不協和音が不気味な旋律となって流れこむ。すると、舞台三方から三人の「父親」があらわれる。一人目の男は鬼面を被り、二人目の男は黒い紗で顔をかくし、三人目の男は畳一丈背負ってうつむいたまま顔をあげない。三人の「顔のない父たち」は、すり足で灰子に忍び寄ってくる。

黒紗　やらぬぞ　やらぬぞ　子供を起こすな　ここから先へはやるまいぞ

鬼面　通るぞ　通るぞ　関守消えろ　寝た子を起こしに参ろうぞ

黒紗　人をよけて通るがいいぞ　夢守《ゆめもり》の前をふたぐ者　たれぞ？

鬼面　六十余州　罷り通る者

黒紗　何と申す

鬼面　到るところの　鬼夜来

黒紗　まばたきの間に消ゆるがいい　われら一統　まばたきの一秒時にあらわるる者　その時日輪の光によりて御身の顔容　睫までも写し取らせてその生命終わるのち　幾百夜にも活けるが如く伝えらるる長き時間のあるを知るか？

鬼面　知らぬ知らぬ　父を恋ひしと呼ぶ声が鬼を起こした　目を覚まさせた　子とろの闇より立ち出

でて　この子の生命貰い申す

黒紗　ならぬぞならぬぞ　父を呼ぶのは哀しさ故　父を慕うはさみしき故　肉が呼ぶではあるまいぞ

鬼面　父を呼ぶさえ魔界においては恋となる不義となる　罪となる　めぐる因果の糸車

と、ゆっくり灰子が体を起こす。

灰子　どうしたんだろう　まぶたの裏がほっかりと明るい　家は世間の闇だのに　この六畳は暗いのに

鬼面　（灰子を手招く）情の火が重なり　白き炎の花となり襖障子も燃えるだろう

手招くたび、灰子の吊り寝台が揺れる。

鬼面　捨子舟より手を伸べて五本の指をよこすがいい　手を取ったは鬼、と気づいた時は襖も壁も大紅蓮、ついいる畳は針の筵、袖には蛇　膝には蝦蟇

黒紗　我が子危い　目盲いたか　呼ぶは鬼ぞ手招くは鬼ぞ

と、床をトーンと踏む。一瞬の闇。そしてゆっくりと明かりが入ると鬼面の父と黒紗の父は姿を消し、畳の父だけがまぼろしのように歩いている。

灰子　夢、見ていたのかしら。

かすかに畳の父の声がきこえてくる。

えーっ畳　百畳　畳ができてくる　どんどん踏んでも　踏みきれぬ　朝晩踏んでも踏みきれぬ
えーっ畳　畳　畳一丈方丈記

灰子、幻の父を探すように吊り寝台から降りる。

灰子　誰かが、あたしを手招いていた。父さん？　夢の切岸に立って、あたしを呼んでいたのは父さん？　畳一丈背負って歩いていたのは父さん？　夢の中で海に墜ちろと誘う父さんには顔がない。父さん、早くわたしを見つけて下さい。早くしないと、わたしは女になってしまいます。ほら、見て下さい。

と、うしろを向くと、服を脱ぎすてる。
仄白い裸身が一瞬光る。
その裸身の半面に、真っ赤な痣瘡！

4　血潮、みな

ゆっくりと明かりが入ると、空《から》の鳥籠をかかえた灰子がまぼろしのように立っている。秋風の吹く、下町の路地裏。

六軒の家が六人の男によってあらわされる。六角形の迷路。（但し、六番目の男は不在）

その男たちの頭上には、二十ワットの裸電球がそれぞれ点っている。

灰子、第一の男のところへ行くと、

灰子　お父さんを下さい。二円四十銭の東京瓦斯でサンマを焼いていたお父さんをください。（と、男の頭上の電球が消える）

灰子、第二の男のところへ行くと、

灰子　お父さんを探しているんです。お父さんが余っていたら下さい。（と、第二の男の電球が消える）

灰子、第三の男のところへ行く。

灰子　お父さん、どこですか？　わたしは、あなたの娘です。（電球が消える）

灰子、第四の男のところへ行く。

灰子　遠眼鏡をのぞくのが好きだった父さん。（電球が消える）

灰子、第五の男のところへ行く。

灰子　尋常小学校四年の音楽の教科書に載っていた、文部省唱歌「村の鍛冶屋」が好きだった父さん。

灰子、第六の男（不在）のところへ行く。

灰子　ごめん下さい。だれもいませんか？（しばらく耳をすませているが）空き家だわ。（と、戸をあけると中へ入る）ここで、待っていれば、父さんが帰ってくるかも知れない。電気も点けっぱなしだし、大正七年三月号の「小学男性」もおいてある。

と、その背後から第六の男が豆腐屋のラッパを手に入ってくると、灰子に目かくしをする。

灰子　だれ？　父さん？

男は無言である。

灰子、憑かれたように、

灰子　大正七年、夏の昏れ方。物干台のできごとです。洗濯物の間から、ほんの少し夕焼けが見えていました。
うしろから一人の男が飛びかかってきたんです。目かくしされて、顔は見えません。
下の路地から、魚を焼く匂いがのぼってきて、わたしはぼんのくぼから背骨を這いまわるざらざらした舌を知っていただけ。一体だれだったのでしょうか？　欧州大戦平和記念発売のピースの匂いの人を、私は今でも知りません。

電球が切れると、闇。

5　蔵の中

娼婦たちの嬌声が潮騒のようにきこえてくる。ここは大正楼の蔵の中。演歌を弾くバイオリンの音が、ものがなしく流れている。夜——。十三夜の月が窓からさしこんで、箕に山盛りの生米を照らしだしている。

その前に二人の男がすわって、一人は新聞を、もう一人は活動雑誌を読んでいる。

新聞を読んでいた鳥打帽の男（車夫）が、

車夫　てんのうさまが、おかくれあそばしたそうだ。

と、娼婦を待ちかねてイライラと貧乏ゆすりしていた活動雑誌の男（薬屋）が、

薬屋　えっ？　何だって？

車夫　てんのうさまが、おかくれあそばしたそうだ。

薬屋　てんのうさまでも、おかくれになって遊ばすのか？

車夫　ああ。おかくれ遊ばすらしいぞ。

薬屋　こどもみたいだなあ。おかくれになるのが好きなのかな。

車夫　遊ぶこともないだろうからな。おかくれになったりもするんじゃないか。

薬屋　どこへおかくれになって遊ぶんだろうな。
車夫　そりゃあ、いろんな所へおかくれになるんだろう。
薬屋　（イライラして貧乏ゆすりし）おそいなあ。
車夫　また、マワシを取ってるんだろ。おかくれあそばしてないで、早く出てきてくれりゃいいのによ。
薬屋　ああ、イライラする。腹も減ったし。
車夫　食べますか？（と、握りめしを取り出す）
薬屋　いいのかい？
車夫　弁当持ってますから。日の丸弁当です。白地に赤く、日の丸染めて、ああ美しい日本の旗は。
薬屋　すいませんね。それじゃ、いただきます。

と、食べようとした途端、

灰子　まったあ？（バタバタと走り出てくる）

それは大人になった灰子である。
車夫と薬屋はくるりと背を返して、背中合わせになる。

車夫　都新聞三ページ分待っただけさ。
灰子　ああ、おなかすいた。
車夫　食うかい？（と、弁当を取り出す）
灰子　あら、うれしい。おかず、なに？（と、弁当箱を開く。が、中に入っているのは雀の死骸である）
すずめ！
車夫　えっ！（と、のぞきこんで）おかしい。たしかに梅干一個入った日の丸弁当だったのに！
灰子　気持わるーい。（と、後ずさりしてゆく）
車夫　日の丸弁当が雀に化けた！　弁当盗まれた！　俺の米をとられた。

その間に、灰子は薬屋のところへゆく。

灰子　おまちどうさま。
薬屋　ずい分、遅かったじゃないか！
灰子　あら、おにぎり。
薬屋　食うかい？
灰子　うれしい。（と、にぎりめしを食べようとして）でも、これ……
薬屋　なんだい？
灰子　ひょっとすると、雀が入ってるんじゃないの？

薬屋　すずめ？
灰子　そうよ。すずめよ。舌を切られた、嘘つき雀。
薬屋　まさか！
灰子　あんた、食べてみて。
薬屋　これを？
灰子　そうよ。
薬屋　よしっ。（と、思いきって食べてみる）ゲッ。

灰子、あとずさりしてゆく。

薬屋　なんてことだ。雀の入ったにぎりめしなんて、きいたこともない。（と、灰子がいなくなっているのに気づき）おい、おいどこへ行ったんだ？

灰子は、車夫の所へもどる。

車夫　幽霊みたいに出たり消えたりするなよ。足はあるのかい？
灰子　あるわよ。ホラッ。（と、見せる）
車夫　真っ白だ！（とさわる）

灰子　くすぐったい。（と、笑いながらあとじさって、薬屋の所へ）

薬屋、車夫同様にさわる。

薬屋　おや、
灰子　どうしたのさ。
薬屋　蚊にさされた跡がある。（と、合財袋から薬壜を取り出す）
灰子　なんのくすり？
薬屋　キンカンですよ。虫さされには、これが一番。

ゆっくりと灰子あとずさりしてゆくと、二人の中間に立ち、見えない糸で二人をあやつる。二人は同じ仕草をする。

灰子　あんたの人さし指を見せて。
車夫　えっ？
灰子　人さし指さ。
薬屋　こうかい？（と、人さし指をたてる）
灰子　（さし出された人さし指を嗅ぐ）嘘の匂い、欲の匂い。（と、人さし指をしゃぶる）サーベルの錆の味。

逃げまわる靴の味。脱ぎ捨てられた軍服の味。思い出せない。父さんの指もこんな味がしたのかしら？

と、その二人の人さし指がゆっくりと光りはじめる。

灰子　百人の男の指がわたしの体を這いまわる。ねえ、どの指？　どれが父さんの人さし指？　わたしを生んだ父さんの指は、どれ？（と、自分の指をしゃぶる）

灰子、立ち上がる。車夫と薬屋は、見えない糸を切って逃げようと、もがく。

灰子　だめだよ。逃げられないよ。

車夫・薬屋　畜生、糸がベタベタとからんでくる。女郎蜘蛛だ！　救けてくれ！

灰子　きこえやしないよ。ここは、土壁の蔵。客にさからった娼婦を閉じこめ、餓えて死なせた仕置き蔵さ。ほら、きこえないかい？

米を与えられずに死んだ女たちの声が？

三人の動作は次第に舞踏化されてくる。口から吐く糸で、二人の男をからめてゆく灰子。

灰子　見せて見せて。人さし指を見せて。

二人の男は、灰子の前に人さし指を出す。光っている。

灰子　ちがう、あんたも父さんじゃない。

と、車夫と薬屋を蹴飛ばす。

灰子　父さんはねえ、乳が出ないからと言って、あたしに人さし指を吸わせてくれた。父さんの汗の匂いの、人さし指。チュウ、チュウチュウ。あたしは父さんの人さし指を吸って大きくなった。そのうちに、父さんの人さし指は、青ざめてきたんだ。人さし指だけが冬さ。枯れて、しおれて霜がおりた。人さし指に風が吹くと、カラカラ、カラカラ、骨が鳴った。父さん、骨の指の父さん。父さんの人さし指は、今でも冬ですか？

ゆっくりと溶暗する中に浮かびあがる、巨大な人さし指のスライド。
それは、父親の男根の象徴である。

灰子　（闇の中で）父さあん！　あたしに人さし指を下さい！

暗転——。

6　痣化粧

箕に山盛りの生米が神棚にまつられている娼家大正楼の一室。中央には、一組の、派手派手しい布団が敷かれている。そこに寝そべった一人の客が、灰子の手紙を代筆してやっている。

灰子　父さん、お元気ですか？
客　父さん、お元気ですか？　それから？
灰子　わたしは元気で、それから？
客　わたしは元気で、
灰子　……
客　元気でどうした？
灰子　（自信なさそうに）毎日、
客　毎日、それから？
灰子　仕事にはげんでいます。
客　仕事にはげんでいます。それから？
灰子　みんな、いい人たちばかりで、
客　みんな、いい人たちばかりで、と。それから？
灰子　しんせつで、

客　しんせつで、
灰子　やさしいです。
客　やさしいです。
灰子　わたしも、がんばるので、
客　がんばるので、
灰子　父さんも、がんばって下さい。
客　がんばって下さい。
灰子　また、手紙をします。さよなら。
客　さよなら、と。
灰子　できた？
客　できたよ。住所は？
灰子　書かなくていいの。
客　住所書かなきゃ、出せないよ。
灰子　いいの。ちゃんと届くんだから。
客　それにしても、よく飽きもせず、手紙を書くね。
灰子　父さんの、ただ一つのたのしみは、あたしの手紙を読むことなんだ。
客　へえーっ。おまえの父さん、監獄にでも入ってるのかい。
灰子　馬鹿にしないでよ。（と、怒ったふりで客の手に噛みつく）

客　イテッ！　何するんだよッ！
灰子　てがみさ。手を噛んだら、てがみ、
客　馬鹿馬鹿しい。（と笑う）
灰子　それよりさ、持ってきてくれた？
客　何を？
灰子　アレだよ。
客　アレ？
灰子　忘れたんだね。
客　何だったっけ？
灰子　ニ・ギ・リ・メ・シだよ。ニギリメシ。
客　アッ……
灰子　やっぱり、忘れたんだね。
客　悪い悪い。今度来るときは、持ってくるよ。
灰子　娼婦相手に、いつ今度があるのさ。来年の今日かい？
客　この次だよ。この次は、必ずニギリメシ持ってきます。
灰子　フン。
客　だから機嫌直してさ、遊ぼうよ。
灰子　何して遊ぶのさ、かくれんぼかい？　鬼ごっこかい？

客　そんな……意地の悪いこと言うなよ。
灰子　ダメ！　あんたはニギリメシ忘れたんだから。あたしが、あんなに頼んだのに。
客　ついウッカリしてたのさ、
灰子　ぶた鳥！
客　えっ？
灰子　カカシ！　あんたなんか、田んぼに突ったって、雀を相手にじゃんけんぽんでもしてりゃいいんだ。
客　（あきれて）口のわるい女だな。
灰子　ニギリメシが欲しいんだよ。どうしても欲しいのさ。
客　そんなに腹が減ってるんなら、鍋焼うどんでも取ろうか？
灰子　腹が減ってんじゃない。
客　じゃ、どうするんだよ？　ニギリメシ。
灰子　仏壇にそなえるのさ。
客　そりゃ一体、何のまじないだ？
灰子　なんだっていいだろ。
客　教えてくれよ。
灰子　ダメダメ。さっ、寝るよ。（と、帯を解く）あかり、消すからね。

と、紐をひく。
暗転。

客　待ってくれよ。まず、煙草を一服だ。（と、マッチをする）
マッチの灯に照らし出される灰子の背中。そこは、一面の痣である。

客　アッ！（と、悲鳴）なんだ、おまえの背中！
灰子　（平然と）背中がどうかしたかい。
客　痣だ！　痣がある。
灰子　ああ、あるよ。
客　（マッチを次々に擦りながら）赤、青、みどり、極彩色の痣曼陀羅だ！
灰子　ふふふ。よく見てごらん。痣の迷路の一里塚。貝殻骨の下に、誰かいるだろ？
客　（マッチを近づける）アッ、人だ！　人がいる。男だ。アッ、歩いている。ワァーッ！　気持ちワルーイ。アッ、こっち向いた。アーッ（と悲鳴）のっぺらぼうだ。アッ、こっちへ来る。
灰子　それはねえ、あたしの父さんさ。
客　父さん！
灰子　そうだよ。

客　おまえ、背中の痣に父親を飼ってるのか！
灰子　あたしの背中の父さんがねえ、ニギリメシをほしがるんだよ。
客　お、おい。手、振ってるよ。ワーッ、ヤだ。中折帽かぶって、手、振ってる。ワーッ、ワーッ！
（と、叫んで、痣に手をふれようとする）
灰子　（するどく）だめだよ。さわっちゃだめ！
客　うるせえ！（と、灰子をつきとばして背中に指を触れ、こする）アッー！（再度、悲鳴）消えた……
灰子　やめて、やめて。あんたが指をふれると、父さんが消える。
客　（ようやく安心して）なんだ、にせ痣か！（と、十本の指で背をこする）
灰子　畜生！　人の痣化粧を消しやがって！　人でなし。
客　消えろ、消えろ、消えちまえ！　こんなうすきみわるい痣！
灰子　やめてーッ。

と、突然、きちがいじみた笑い声があがる。明かりがつく。見ると、そこには、中折帽をかぶり、新聞紙をまるめた遠眼鏡をのぞく男がいる。

遠眼鏡　見えたぞ……見えたぞ！
客　な、なんだ！（と、啞然）
遠眼鏡　「新聞紙の遠眼鏡だ！」よく、見えるぞ。

客　（シラケて）こいつ、キ印か！　向こうへ行け、シッ、シッ。
遠眼鏡　無礼者。
客　なにッ。
遠眼鏡　余に手を触れると、腐るぞ。
客　さっさと向こう行け。行かないと、脳病院へつれてゆくぞ！
遠眼鏡　（突然）いやだ、いやだ（と、わめく）あそこはくらい。あそこはこわい。あそこにあるのは、キリッばかり。
客　ちえっ！　やっぱり、脳病院から逃げて来やがったんだ。
遠眼鏡　折檻しないで下さい。おたあさま、おもうさま。ニンジンも食べます。散髪もします。手も振ります。葉山から東京まで、ずっと振りますから、あそこには閉じこめないで下さい。
客　よしよし。それじゃ、許してやろう。おい、キチガイ。そこにすわりな。
遠眼鏡　はい。（と、正座する）
客　（灰子に）こっちへこいよ。
灰子　何するんだよ。
客　見せてやるのさ。
灰子　ヘンタイ！
客　相手は、馬鹿なんだから、かまやしねえよ。（男に）おい、よく見てるんだぞ。
遠眼鏡　はい。

客　さっ、さっきのつづきだ。（と、おおいかぶさってゆく）
灰子　あの馬鹿、じっと、こっちを見てるよ。
客　眼をギラギラさせてか？　は、は、は。
灰子　ちがう。まるで死人の仮面をつけたみたい。

溶暗してゆく中に、灰子の声。

灰子　あいつの眼が消えてくよ。眉も消えた。あいつは顔なしになってゆく。あれは、あの男は……

軍靴のひびきが、それを消してゆく。

7　少年記

ゆっくりと明かりが入ると、そこは雪のシベリア。五人の少年兵が並んでいる。軍靴の響き、サーベルの音。幻の皇軍が雪中行進してゆく。娼家大正楼の床下から続く荒野に立った少年十字軍の中には、遠眼鏡の男の姿も見える。狼が一声、不吉に吠え、

少年兵1　シベリア！
少年兵2　雪のシベリア！
少年兵3　歩哨兵！
少年兵4　落日の河！
少年兵5　叛乱部隊！
少年兵1　言葉を埋めて
少年兵2　霜月の
少年兵3　決起を急ぎ
少年兵4　まぼろしは
少年兵5　母の黒髪みだれ髪

少年兵5（実は遠眼鏡）、一歩、前に進み出ると、

少年兵5　一兵卒の死は遥かなる暁の橋、若くとも裏切りて生きよ。
少年兵1　逃げる
少年兵2　逃げる
少年兵3　逃げる

少年兵4が進みでると、

少年兵4　田舎は祭りだ、太鼓の音だ。
祭りの笛をききながら、去年の夏は神社の裏で、おかめの面の少女を犯した。子を妊んだと聞かされたきり、俺はシベリア。
少年兵1　帰る
少年兵2　帰る
少年兵3　帰る

少年兵2が進みでると、

少年兵2　望郷歌うたえど寒し国境は、一月の雨祖国は遠し　日の丸を焼け橋墜ちろ

少年兵１　銃を捨て
少年兵３　銃を捨て
少年兵４　銃を捨て

少年兵３が進みでると、

少年兵３　にぎりめしが喰いたい　餅が喰いたい　天プラ喰いたい　天プラ喰いたい　出征前夜に母さんが喰わせてくれたいなり寿司、うまかったです。花子姉さんが作ってくれた五目飯、うまかったです。死んだばあちゃんの命日に食べたイモの煮っころがし、うまかったです。

少年兵１　国境越えろ
少年兵２　泳いで渡れ
少年兵４　明日の川を

少年兵１が進みでると、

少年兵１　ぼくの母がいなくなったのは、大正七年の夏のことです。富山県魚津大町の八月四日。ぼくの母は、鶏頭の花を米びつの中にかくして行方不明になりました。漁師の父はサハリンへ魚を取りに行って留守。その日は蝉が鳴いていました。ミーン、ミーン。米が高かったんです。米一升が四十五銭。母はぼくに米を喰わせようと、無理算段。帯を米にかえ着物を米にかえ……その日、魚津の町には、赤い鳥が空を理めつくして飛んだそうです。あれが、あの赤い鳥が、ぼくの母さんをさらっていったんだ。

少年兵5（実は遠眼鏡） そうだ、誰もが母恋いの唄。だが、私には呼びかける母がいない。母は顔なし、白頭巾。産みおとされて捨てられて、空の寝床に花一輪。消えてゆく消えてゆく、母の顔。赤の他人が俺を取りまき、忘れろと命じる。だが、どうして忘れられる？　覚えてもいないことを。よみがえってくれ、母の胎の中で俺が見たもの。未生の記憶に記された、俺の母さん！

と、銃声がひびく。
一人の少年兵が倒れる。
天皇陛下万歳！　母さん！
また一人、少年兵が倒れる。
天皇陛下万歳！　母さん！
また一人、また一人……
ゆっくりと、暗転。

8　月蝕

緑、黄、橙、青、など極彩色の色硝子が照らしだす娼家大正楼の夜。少女娼婦たちの嬌声。脂粉の香りと官能のざわめきが潮騒のように押し寄せてくる。

気怠く火鉢に寄りかかって、手をあぶっている灰子。もうすっかり女郎になりきっている。

鏡の欠け落ちた鏡台に向かって、しきりと百面相をしている少女娼婦ゆき。楕円の縁枠の中で、道化顔が哀しく笑う。

灰子、呟くともなく、

灰子　小字申せば赤座の村よ
雨が三年、日照りが四年
庄屋さまへの年貢に困り
姉を売ろうか、妹を売ろか
……

その背後を、洗面器をかかえた女主人ひぐるまが横切ってゆく。今月の「てんのうさま」の額の下に置かれた四本の一升壜（場面を重ねるごとにふえてきた壜）のひとつに、洗面器の中のものを注ぎこむ。

灰子　（ふりかえりもせず）いやな匂い！　生臭くって、ヘドが出そうだ。
ひぐるま　ふん！　おまえの体にしみついてるもんの匂いさ。
灰子　毎晩ちゃんと風呂に入ってます。越中富山のまるめろ丸も飲んでるし、それに、あんたとちがって生臭もんは断ってるんです。魚も喰わない、肉も喰わない。
ひぐるま　それでも、体の中にゃくさい血がふえて困るんだろ？
灰子　毎月きちんと、下水に流してますよ。路地の空地にやってくる飴屋をつかまえて、ねり飴を丸い棒にこねさせ、神棚のうらにかくしてるあんたにゃ、男のもんが大事でしょうけど、あたしは、そんな白酒なぞ真っ平。さっさとあっちへ持って行って下さいよ。
ひぐるま　毒消し百粒飲んで、口でも洗うといいんだ。女郎の癖して金精さまを馬鹿にするんじゃないよ。
灰子　そろそろ、飴屋がやってくるんじゃないんですか？　ツバキ油でもつけて、出かけちゃ、どうです？　ほらほら、呼んでますよ。あたしゃ、これから商売なんです。
ひぐるま　べたべた糸引く納豆みたいにからみついて、みつかりもしない父親でもさがすがいいさ。
灰子　てんのうさまのツバ飲んで寝床でさがしてみせますよ。
ひぐるま　百年たっても見つからない。吐きだす糸にからめとられて、どんどんくさってゆくばかり。男の流す白い血にまみれた肉のてまり唄だ。
灰子　どぶねずみ！
ひぐるま　このろくでなし！

灰子　牝豚！
ひぐるま　ごくつぶし！
灰子　ごうつくばり！
ひぐるま　とんま！　のろま！
灰子　死に損ない！
ひぐるま　捨子！
灰子　石女！
ひぐるま　何だって？
灰子　親なしっ子の肉食って、あんたが母親になれる筈がない！
ひぐるま　喰いつくして、喰いつくして、あたしは母になってやるさ！
灰子　そんなに子が欲しけりゃ、貰い子十人集めて親孝行大会でもひらきな！
ひぐるま　あたしは母さ、血の母だ。（と大股開きで身構え）
　思い乱れ、乱れ、乱れて、乱れ咲く、赤い血潮の黄金ひぐるま！
　さあ、見せてやるよ。男根の舟をまよわす、ここが血の海！
　おまえの父が狂った闇さ！
灰子　ちがう。嘘だ！
ひぐるま　人さし指の、包帯といて、おまえに父を、ささせてやるよ。今じゃ、縁の下の墓掘男！
　出ておいで！

と、畳を剥がすと、ころがり出てくるのは老いて半盲の下男である！

ひぐるま　さあ、お父さんと呼ぶがいい！　おまえの父は、この男さ！　二十年前の罪がたたって、腰の曲がったヨボヨボのモウロク爺だ！

と、下男を蹴飛ばす！

下男　ア、アシ、アシ、アシ、（と、灰子の足をまさぐる）

灰子　（金縛りにされたように、体を固くしているが）父さん……（と、呟く）

瞬間、くるりと裏がえる、今月の「てんのうさま」の写真顔。見ると、その「てんのうさま」には、顔がない！

ゆき　てんのうさまが消えた！

灰子　（激しく）こんな男が、あたしの父さんなものか！

ひぐるま　人さし指が疼くだろ！　包帯の下で叫んでいるだろ！　父さんを指したい！　父さんを指したい！　は、は、は。

灰子、下男を蹴飛《けと》ばそうとするが、下男はしっかりとしがみついている。

灰子　や、やめるんだよ。（と、ズルズル下男をひきずって、立ち上がろうとしながら）あたしの父さんは、いつも帽子かむって、手を振っているんだ！　みんな、あたしの父さんを見ると、頭を下げるんだ。

くもり硝子の破片で見る月蝕の父さん
中古の幻燈機に照らし出された、父さんの人さし指
離れとくれよ！

その有様を見ながら、

ひぐるま　ほぉら、いも虫、ごーろごろ！

と、集まって来た少女娼婦たちが、

いも虫ごーろごろ
親をやるから手を出しな

そう言われても手がないよ
いも虫ごろごろ
手がないよ

ひぐるま　ははは（と哄笑！）
灰子　畜生！（叫ぶと、ふところから米を取り出し、ひぐるまに投げつける）さあ、米だよ、血の雨だ！
拾うがいいさ！

と、どこからともなく流れ込んでくる、くれない夢幻の般若心経。
灰子の狂乱につれて、赤く、血のひといろに染めあげられてゆく大正楼。

観自在菩薩行深般若波羅密多時照見五蘊皆………

灰子　一銭五厘で国を捨て、売られた先は東京の、べんがら格子の檻の中、ははは、泣いて一生終わるより、笑って笑って、この世の果てまで笑い通してやるさ。
だけどね、笑い顔のお多福の面の裏にゃ、いつだって鬼が貼りついているのさ。
あたしが捨てられた原っぱには、まっ赤なあざみが咲いていた。赤く咲いても、鬼あざみ。あざみ喀わえて鬼になる。

あたしは、鬼!

娼婦三年　夢一夜
人さし指の　墓背負って
させば監獄　さされりゃ地獄
明日さすのは　てんのうさま

平手打ちの暗転!
その中で、般若心経の嵐がまぼろしの大正に吹きまくる。

9　水、妖し

大正楼裏の路地。音のない、明け方の音のない気配の中に、ぽつんと点っている裸電球。その弱い明かりの下で、少女娼婦のゆきが石蹴りをしながら呟く。

ゆき　赤い鳥小鳥
　なぜなぜ赤い？
　赤い実を食べた
赤い鳥はふしあわせの鳥。赤い鳥が啼くと捨子がふえる。赤い鳥が飛ぶと親が家出する。赤い鳥はわるい鳥です。
（間を置いて）
影法師、盗まれた。（と、泣き真似）きのうの夜、赤マントの男が、あたしの影、盗んで行った。それぎり背中が軽くなって、朝。

と、黒マントの写真師が、不吉な鴉のように大きな翼をひろげてあらわれる。

写真師　影、踏むぞ。（と、おどかす）

ゆき　影、失くしてしまったんです。だからもう、あげられません。
写真師　早く私に写真を撮らせればよかったんだよ。わたしなら、影を大事にしてあげたのに。
ゆき　もう、いらないんです。（うつむき）影は……
写真師　なんだい？
ゆき　他人さまの、人さし指。
ねえ、「鳩が出ますよ」のおじさん。一枚だけ、あたしの写真を撮って下さい。
写真師　なぜ？
ゆき　写真に撮られたあたしより、一日分だけ先に年取りたいんです。ふふふ、先に恋い、先に衰え、先に死ぬ。あたしとあたしの鬼ごっこ。
写真師　よしよし。それじゃ、笑って！

と、フラッシュのかわりにピカリと光る一枚の鏡。

ゆき　あっ、あたしだ。十のあたし、十五のあたし。髪にさやさや風かよわせて、笑っている。

ゆっくりと、鏡の中でゆきを招くもう一人のゆき。
それを見ながら静かに狂ってゆくゆき。

ゆき　おいてゆかないで。先に年を取らないで。少女倶楽部の花嫁御寮が、紅の布団にあたしを誘う。あれは、あたし？　あれもあたし。ふえた鏡に　とじこめた　あたしの影の　泥人形……

写真師　どうだね。鏡と写真に指さされ、おまえが肥えて、おまえが痩せる。指すのも、おまえだ。指さされるのも、おまえ。

ゆき　影を失くして、あたしは女。少女のあたしに背を向けます。そむくとは、少し激しく思うこと。

写真師　そうですとも。さあ、笑って、笑って。じっとしていて下さいよ。はい、鳩が出ます！

フラッシュ、一閃！

ゆき　身の内を毒が流れて、十三夜。いさめますか、さとしますか、時代をよそに、さあ、血を召しませな。おとぎ噺は、もう通じません。あたしは、女郎。

ゆっくりと、暗転。

静かな狂気の闇に、一羽の赤い鳥が飛び、あとに一筋、光の縞が残る。

10　三婆

大正楼路地裏の夕暮れ、豆腐屋がラッパを鳴らしながら、通りすぎてゆく。狭い空地に吹く、秋風の音。かげってゆく陽差しを少しでも体の中に溜めこもうと、芋虫のように地面を這う、三人の老いたる娼婦。その姿を笑うように、顔見世格子の中では、少女娼婦のはなが人形のように着飾って男に抱かれ、少女娼婦かぜは、蜜のような肉体を見せびらかしている。
どこからか流れこんでくる。哀切な「大正くるわ唄」。

私しゃ廓に咲く花よ
泣いて別れた双親に
月が鏡であったなら
写し見せたい我が心

よく見ると、老娼婦の一人は、今も父を追いつづける灰子である。

娼婦1　秋風がうっすり冷たくなりはじめると
灰子　たもとの中に
娼婦2　石より重い秋風を溜めて

娼婦1　ふっと軽い秋風に吹かれた炎が消えるように
灰子　自分の息を
娼婦2　なまぐさい秋風とまぜて
娼婦1　さやりひゅうと鳴る死んだ秋風の中で
灰子　さやりひゅうと
娼婦2　女郎が死ぬ
娼婦1　さやりひゅう
灰子　さやりひゅう
娼婦2　さやりひゅう
娼婦1　春の風より淫らで
灰子　夏の風より、もっと淫らで
娼婦2　冬の風より、もっともっと淫らな
娼婦1　秋風に向かって体をひらくと、春の風より淫らに
灰子　夏の風より、もっと淫らに
娼婦2　冬の風より、もっともっと淫らに
娼婦1　秋風があたしの体の中を駈け抜けてゆく　さやりひゅう
灰子　さやりひゅう
娼婦2　さやりひゅう

間を置いて。

娼婦1　百人の男たちが脱走兵のように急いで体を通りすぎて行った
灰子・娼婦2　ひゅう　ひゅう
娼婦1　路地の隅の、ちっぽけな日なたで体をあたためても
灰子・娼婦2　ひゅう　ひゅう
娼婦1　秋風が鳴ると、体がひえる
灰子　さむい風
娼婦2　凍る風
娼婦1　ひゅう　ひゅう
灰子　ひゅう　ひゅう
娼婦2　ひゅう　ひゅう
娼婦1　老婆の髪は淫らな風に乱れて
灰子　もつれて
娼婦2　からんで
娼婦1　いつのまにか抜けて
灰子　とけて

娼婦２　落ちて
娼婦１　気づけばしらが
灰子　さわれば皺
娼婦２　さぐれば骨

娼婦1・2溜め息をつく。
ゆっくりと立ち上がる灰子。置いてあったランドセルを背に負う。

娼婦１　あーあ、くたびれた
娼婦２　くたびれた

と、娼婦1が灰子に目をやり。

娼婦１　どこへ行くんだい？
灰子　学校。
娼婦１　道が違うよ。
娼婦２　そっちは墓場だ。

灰子、うろうろとまわりを見まわし、一歩進みかかる。

娼婦1　そっちは葬儀屋だよ。

二人、手をつないで灰子を通せんぼする。

灰子　学校へ行きたいんです。
娼婦1　学校は終わったよ。もう、だれもいやしない。
娼婦2　校庭の桜も、散ったよ。
灰子　よそみしてたら廊下に立たされて、それっきり教室へ戻れなくなってしまったんです。
娼婦1　行くことのできなかった学校の夢からさめるんだよ。見もしなかった父の夢から。少女倶楽部のさし絵の夢から。いいかい、灰子。少女のおまえなぞ、どこにもいやしなかった。老婆の夢の中にしか、いはしなかったんだ。
灰子　鬼があたしをいじめます。
娼婦1　右の肩の父さん
娼婦2　左の肩のてんのうさま
灰子　助けて下さい。
娼婦1　おまえの父は年老いて死んだよ。

娼婦2　おまえのてんのうは狂って脳病院だ。

と、一人の男がカルテを持って、まぼろしのようにあらわれる。その男は、大正天皇の従医、三浦謹之助博士である。

「幼少時の脳膜炎の為、故障有りたる脳に影響し、少しく心身の緊張を要する儀式等に臨御の際は、安静を失はせられ玉体の傾斜を来し、心身の平衡を保ち遊ばされ難し、以上、医学博士三浦謹之助。拝診せるものなり」

娼婦1　おまえの父は老いさらばえておまえを裏切り、
娼婦2　おまえのてんのうは狂っておまえを裏切ったのさ。
灰子　嘘！　あたしのてんのうは、狂ってなんかいない。
娼婦1　おまえは、ババア！
娼婦2　てんのうは、気ちがい！
娼婦1　さあ、見てごらん！

と、それまで灰子の背後に積んであった米俵がジリッ、ジリッと移動してくる。いきなり、その中から、一人の男がとびだす。だが、灰子は見動き一つしない。出てきた男（米男）、あたりをうかがうように

小声で、

米男　お母さん。（と呼びかける）

灰子　（きこえず）

たんぼ　こいしや　ほうやれほ

米男　お母さん。（と、小声）

灰子　（きこえない）

こめぐら　こいしや　ほうやれほ

米男　（小声で）ぼくです。

と、灰子ににじり寄るが、灰子は知らぬふり。

米男　（灰子の耳に）あなたの、息子です。（と囁く）

灰子　すずめ　こいしや　ほうやれほ

したきりすずめ　どこへ行た？

男、とうとう我慢できなくなり、

米男　お母さんッ！　（と、怒鳴る）

灰子　（声のする方をふっと、ふりむく）どこかで声がしたようだけど……

米男　おかあさん！

灰子　だれかいるのかしら？　（と、空中を手さぐりする。男の顔にぶつかる）これは……なんだろう？……眼、かしら。眼に似ている。眼、だとすると……

米男　痛いッ。（と、とびあがる）眼玉をつかないで下さい！

灰子　まあーッ。ごめんなさい。やっぱり眼だったんですね。眼じゃないかと思っていたんですけど……

米男　眼ですよ。ぼくの眼玉です。

灰子　あなた　どなた？

米男　お母さん！

灰子　お母さんですって？

米男　ぼくです！

灰子　ぼくさんですか？

米男　あなたの息子です！

灰子　……

米男　あなたの息子の一仁です。

灰子　一仁ですって？　きいたことがあるわ。

米男　当たり前じゃありませんか。ぼくは、あなたの息子なんだ。ぼくの父の名は、六仁、ぼくは一仁そして、ぼくの息子の名は九仁になるはずです。

灰子　六仁、一仁、九仁、六仁、一仁、九仁。あなたは一仁なんですね。

米男　そうですよ。お母さん！

灰子　おかあさん？　わたしがあなたのお母さんなんですか？

米男　ええ。

灰子　……わたし、あなたを生んだのかしら？　……いいえ。ちがう。ちがいますよ。人ちがいです。わたしはあなたを生んだ覚えなんてありません。

米男　ひとちがいなものですか？　あなたはぼくの母親。秋の七草つばくらめ。さがしさがして三千里。ようやく見つけたんだ。（と、灰子を抱こうとするが）

灰子　よらないで！　わたしは、息子なんて生んでいません。あなたなんて知らないんです。

米男　なんてことを言うんです。いくらぼくが半馬鹿の一仁だからと言ってそれはひどいじゃありませんか。

灰子　あなたが半馬鹿だなんて、言ってません。

米男　生まれてすぐ里子に出され、女官に、侍従に、近衛兵。まわりは赤の他人ばかり。明治四十五年七月三十日午前零時四十三分父が死に、継ぎたくもないのに、あとをつがされ、脳に病気のあることを、まわりの者はひたかくし。葉山の御用邸までゆくのに、汽車の窓から手を振れと言う。できるものか、そんなこと。こうですよ、お母さん。（と、手を振る恰好をしてみせる）東京から葉山まで、こうやって手を振りつづけろと言うんですよ。できません。できるわけがない。だから、ぼくは手を振らなかった。そおしたら、みんなは、ぼくの肘を椅子にくくりつけ、その椅子をからくりじかけ、振りたくもないのに、振ってしまうんです。（と、手を振る）

灰子　それは、大変でしたね。

米男　ええ、大変でしたよ。だから、ぼくは、逃げだしてきたんです。（しばらく、無言。ややあって）

灰子　もし、あなた。息子だなんて言って、実は……

米男　実は？

灰子　米泥棒。（と、怒鳴る）

米男　しっ。（と、灰子の口をおさえる）叫ぶのはやめて下さい。人がきます。

灰子　人がくると、困るんでしょう。米泥棒。

米男　ちがいます。よく、ぼくの顔を見て下さい。ほらっ。（と、顔を前に出す）お母さん、ひょっとすると、あなたは、

灰子　めくらです。だから、見えやしません。なんにも見えないんです。

米男　どうすれば、わかってもらえるのかな。

灰子　なにがです。

米男　ぼくが、あなたの息子だってこと……

灰子　息子なんか、いりません。息子もらって、米を喰われて、あとに何が残るんです？　そのくら

いなら、鼠一匹、かわいがります。

米男　……

灰子　さあ、帰って帰って。

米男　（困り果て）お母さん……

灰子　（いきなり）くどいよ。女郎殺して溜めた米、あたしの暦の大つごもりに、一升炊いて祝うんだ。ははは、また一年長生きしたよ。さっ、あっちに行け！　帰らないと、殺すよ。（と、男に襲いかかる）

米男　な、なにするんです。

灰子　（かくしていた餅をとり出して男の口に押しこみ）米でつくった餅食って死ね！

米男　の、のどが、つまる。（と暴れているが不意にしずまる）

灰子　……死んだ。米泥棒が、餅喰って死んだ。

と、軍靴の音も荒く、一人の軍人があらわれる。

軍人　失礼します。（と、挙手）脱走兵を見かけませんでしたか？

灰子　米泥棒なら、見ましたよ。

軍人　その脱走兵は、どこにいます？

灰子　わたしの米を盗もうとしたからね、殺しました。

軍人　殺した？　おばあさんがですか？
灰子　ええ。
軍人　軍人の妻のかがみだ。で、死体は？
灰子　そこにあります。
軍人　これか、（と、足でうつぶせの男をひっくりかえすが）あっ！
灰子　どうかしましたか？
軍人　この……この……この……（と、どもる）
灰子　米泥棒ですよ。
軍人　（直立不動で）陛下！

暗転。

11　洋燈譚

豆腐屋のラッパが告げる路地の夕暮れ。薄闇の中を一人の「親孝行売り」が、ゆっくりと横切ってゆく。

「親孝行、親孝行でござい」

と、一人の黒衣があらわれ、舞台に蚊帳を張ってゆく。その中にともる巨大な電球。見るとそこには、老婆の灰子とマツダランプを磨く電球売り（実は裁判長）。そして、一枚の布を縫う針屋（実は検事）がいる。

裁判長　ほたるのひかり
検事　とじこめて
裁判長　マツダランプの
検事　秋深し
裁判長　「家の光」の
検事　一頁
裁判長　父母そろいて
検事　子をかこむ

と、黒衣が木槌を打つ。

裁判長 マッダランプを割ったのは、この女かね。

検事 はい。

裁判長 なぜ、割ったのだ？

灰子 （老婆のまま）にくかったのです。

裁判長 どうして？

灰子 マッダランプは、よその家ばかりを明るくします。

裁判長 家族そろった夕ごはんを照らすのが、マッダランプだ。で、父は？

灰子 おりません。

裁判長 母は？

灰子 おりません。

裁判長 それでは、マッダランプも照らしようがない。これは、「家の光」なのだからね。

検事 雑巾縫いっつ調書をしらべ、裁判長、わたしはこの女の三つの犯罪を告発したいのです。

裁判長 マッダランプを磨きつつ、検事、三つの犯罪とは？

検事 千人針の七生報国、裁判長、この女は鶏を殺しました。第一幕第一場。赤い灯青い灯浅草の娼家大正楼の夜です。

裁判長　花の吉原花電車、鶏を殺して、真夜中に朝を告げたのだね。
検事　百人斬りの花子さん、裁判長、この女は、蔵の中で車夫と薬屋を殺したのです。第二幕第二場、男ごろしくすりやじごく。
裁判長　花子さんは元気かね？　検事、この女は男を殺して、飯を食ったのだね。
検事　ああ、百貫デブの花子さん、裁判長、この女は、この女は、この女は、
裁判長　この女は？
検事　おそれ多くも（と裁判長に耳打ち）
裁判長　何！

二人、いきなり立ち上って、直立不動で敬礼。
と、蚊帳がおちる。

裁判長　白地に赤く
検事　日の丸そめた
裁判長・検事　そめた日の丸、赤い血だ。

二人が、検事の縫っていた布をひろげると、それは日の丸である。その布にゆっくりとにじんでくる、血。

灰子　裁判長さま。わたしは鶏を殺しました。越中富山の薬売りを殺し、新橋ステーションの朦朧車夫を殺しました。そして、米泥棒のあの人を殺したのです。

灰子が立ち上がると、その着物にも血がにじんでいる。

裁判長　被告人は、罪を認めるのだね。
灰子　はい、
裁判長　被告人は、なぜ三つの大罪を犯したのか
灰子　わたしは、みなしごでした。生まれるとすぐ裏山に捨てられたのです。父も知りません。母も知りません。餓えて死ぬ筈だった私を育ててくれたのは、
裁判長　だれだね？
灰子　スズメでした。
裁判長　スズメ？
灰子　はい。
検事　嘘だ！
灰子　嘘じゃありません。
検事　嘘だ！　証拠がある。青い絵本の十三ページだ。いいかね？「お母さんは、帰ってくると、

『糊はどうした』と訊ねました。雀は『隣の猫が食べた』と言いました。だが、お母さんが隣の猫をみると、猫の口には、糊などついていなかった。そして、

裁判長　そして？

検事　その盗まれた糊は、雀の口についていたのだ。

灰子　（ゆっくりと）スズメだったのです。わたしを育てた嘘つきスズメ、米を盗んで嘘ついて、家を追われた、舌切り雀、「お母さんは、怒って雀の舌を大きな鋏でバチンと切ってしまいました。」

静かに狂ってゆく灰子。

灰子　あかい雀に拾われて、着いたところは東京の、花の吉原、檻の中。十五の夜に、血を流し、今日は巡査に明日は車夫。売られ買われて、年とって、雀こいしや、父こいし。裁判長さま、どうかわたしの舌を切って下さい。

溶暗する中でそれまで壁だった背景が静かにくずれ、紗幕にかわる。透ける明かりの中で十歳の灰子が手まりをついている。

裁判長　（ゆっくりと立ち上がると）自らの罪の語りべ。だが、語れば、すべては嘘になる。おまえが認めた、みなしごの犯罪。それは、すべての嘘の嘘。

人買い船の船床で、おまえが見た夢の一幕芝居。さあ、眼を閉じてみろ。
老婆の夢はくだかれて、おまえは少女に戻ってゆく。
百から一へと年を取り、今のおまえは、十の娘だ！
見ろ！　あそこにいるのは卒塔婆を背負って、お前を招く、かくれんぼのお前だ。

手まりの少女がまりをつきそこねて、ころがす。
ゆっくりと、まりにあやつられるように歩きはじめる灰子。
その灰子は、次第に少女がえりしてゆく。

灰子　呼ばないで。呼ばないで。十のあたし。今のあたしは、ようやく年取って、さくらの花の夢を見られるようになったのだから。
裁判長　さあ、歩いてゆけ。卒塔婆のかげでおまえと会うんだ。

灰子、眼をおおってしゃがみこむ。
紗幕のうしろからまりつきの少女の声。

「もういいかい？」

灰子　まあだだよ。
少女　もういいかい？
灰子　まあだだよ。

その間に、舞台は、娼家大正楼の一室へとかわってゆく。

少女　もういいかい？
灰子　もういいよ。

ゆっくりと色ガラスが赤くともり、灰子は、コッコッコッと、鶏の真似をしはじめる。

12　少女姦

舞台中央には二体の人形が立っている。一人の男（人形作り）が、その人形を計測している。そのかたわらでは、一人の少女が洗面器の中の人形を洗っている。洗面器から立ちのぼる湯気。活人画の一時。柱時計がカチカチと時を刻んでいる。空の鳥籠を持った灰子があらわれる。と、柱時計がボーン、ボーンと鳴る。十一打ち、十二目の音の途中でとまる。

少女　アッ、時計がこわれた。
人形作り　役立たずの時計だ。放っておけ。そんなことより、もう雨はあがったのかね。
少女　（含み笑い）まだです。
人形作り　長い雨期だ。一体、その体のどこに、一週間も雨を降らせる血の池がかくれているんだ？
少女　（含み笑い）体の奥に、ずーっと深い奥に。
人形作り　早くおまえの雨が上がって欲しいものだ。さもないと肉の欲が五体に溜まって、どろどろとした膿になりそうだ。
少女　（含み笑い）春の霞のように匂い立つ栗の木の、
人形作り　くらくらと頭の芯を痺れさす、
少女　こんもりと白い花びらの匂い。
（含み笑い）そんなときは、水甕に足を浸して、大根の栽培法でも考えると良いんです。

人形作り　雨期がはじまって三日目の夜に、もう考えてみたよ。頭の中は、見渡す限りの大根畑だ。
少女　（含み笑い）ねえ、知っていますか？　真綿を焼いて、灰にして、それをさしこのさらしにくるんで、じとじととした雨を吸いとらせるんです。
人形作り　月に一度は、納戸にこもり、男に隠れて灰を作るんだろう。は、は、は、厄介なものだな。

と、そこへ灰子が帰ってくる。

灰子　お父さん、ただいま。
人形作り　襖をあけるんじゃない。
灰子　はい。でも、顔を見せて下さい。

男が立ち上がろうとすると、少女がその袖を引留める。

少女　行ってはいやです。行ったら、人形をこわします。
人形作り　わがままを言うものじゃない。
少女　添い寝してやらなければ、眠れぬ年でもないでしょう。
灰子　お父さん。外は寒いのです。雪です。牡丹雪がぽたぽた、ぽたぽた。
人形作り　桜の木を焼いて、暖まるがいい。

さあ、さっさと部屋に帰って、ままごとでもしなさい。

灰子　人形がありません。

人形作り　押入れにしまった雛人形でも取り出して、一人で雛祭りをするといい。

灰子　雛人形はこわいです。ぼんぼりの影が狐になります。五人噺子が笛吹くと、お内裏さまが鬼になります。

人形作り　おまえの指を二十折れば、雛の祭り。

少女　春には花見、桜の木。

灰子　あたりがどんなふうに変わってゆくのか見当もつきません。わたしが知っているのは冬の闇ばかり。死んで埋められたものたちが起きあがりそうな風の日ばかり。

少女　今日は満月、魂をかえしてやるよ。

灰子　おきないで　おきないで　そのまま消えて　そのまま土になって。

少女　そのあいだにあたしは花見さ。桜が終わると八重ざくら　すみれ　れんぎょう　花厨王　黄色い山ぶき　雪柳。

なんて　すごい　なんて　すごい、とき。

灰子　見えない、見えない、わたしの眼。

人形作り　おまえの眼を閉じたのは、私だ。十の子ならば、春は見えまい。肉の芽ぶきを感じもすまい。眼を閉じていろ、育つな。

灰子　ぬるんでゆく水を見たい。河面にひかる陽を見たい、生の色を帯びてゆく葉を草を見たいのです父さん。

少女　いやです。行かせません。一人にされたら、めくらになります。

灰子　お父さんのうしろに、鬼！

少女　二寸の角の小鬼に惹かれ、親子の闇に墜ちるのですか？

人形作り　墜ちてもみたい。一寸先は闇、人の眼は盲目、手相の野から飛び立つ、風見の鳥に連れられて、底なし沼に入ってもみたい。

灰子　夜にはひっそりと指紋がほぐれてゆきます。仏壇の奥にかくれている家系の悪霊があらわれて手招きします。お父さん、頭がくらみます。

少女　なりません。行っては、なりません。

人形作り　では行かぬ。そのかわり、帯をほどいて犬になれ。

少女　はい。

人形作り　くろかみきって虫になれ。

少女　はい。

人形作り　仏殺して夜叉になれ。

少女　はい。

灰子　お父さん！　犬にもなって、足を舐めます。虫にもなって這いもします。夜叉にもなって笑いますから、お父さん、この襖を開けてください。

わたしも、十五。

その子も、十五。
同じ十五の少女なら
お父さん、
私の体を抱いて下さい。

人形作り おまえは、娘、同じ一つの血の、子。おまえを抱けば漬物樽の亡霊が笑うだろう。紋つきの紋が背中から立ちあがり、狂気の蝶となって家の中を飛びまわるだろう。柱時計はさかさまにまわって地獄墜ちの時を告げ、祖先の位牌は焼かれるだろう。屋敷の守り神は背負った袋から針を取り出し畳の上にこぼすだろう。この家は、鬼のすみかとなり、庭には芒、仏壇には血。台所では、ひょっとこが、火吹竹を次いて、踊り出す。それッ、テレックテン、テレックテン。

少女 は、は、は。あたしが勝った。家畜小屋に帰って、父なし児でも生みな。父に男の肉を願って果たせなかった、おまえ。罪と報いの暗い祭りに、父恋い笛でも吹くといい。

灰子 父さん！ 一度はあたしと川に入って、死んだ真似のあたしの父さん。

人形作り おまえを抱けば、父ではなくなる。荒野には、私の父が、祖父が、大祖父が並び、私を招いている。一つの墓石の下には、百人の父たち。壁に一枚の父の肖像画をかけ、その血を頒ちながら老いてゆくのだ、男は。父の遺産の冬の田に、夕焼けを見ながら、残された時間を数えているのだ、男は。陽がかげりながらすぎてゆく死火山を見、そのとき父の血にめざめるのだ。

一本の骨かくしつつ眠りいる

老犬のごとく死にたしわれも

暗転――。

13　魚服記

前景ラストから化石のように硬直している灰子。その周囲の風景が黒衣によって大正の街区に変えられてゆく。持ち込まれる電信柱。看板絵など。

遠く、かすかに車輪の響き。まぼろしの新橋ステーション。街のあちこちに置かれている鏡台。その鏡面には、大礼服にガーター勲章をつけたてんのうさまの写真が貼られている。

黒衣たちが去ると、風車を手にランドセルを背負った灰子が立ちあがる。が、その姿は老い、老婆に変じている。

灰子、歌うとも、呟くともなく、

灰子　〽汽笛一声、新橋を
　　はや我が汽車は、離れたり
　　愛宕の山に入り残る
　　月を旅路の友として

と、あらわれてくる大正の住人たち。

大正楼の女主人ひぐるま、少女娼婦ゆき、写真師、少女娼婦はな、兵隊、脱走兵、書生、夢二の少年、少女娼婦かぜ、など。全員、手に黒い日の丸の小旗を持っている。

灰子　（通りすぎる人々の袖をとらえ）汽車は、まだですか？（と訊く。全員、無言）汽車は、まだ着きませんか？　わたし、汽車を待っているんです。

ひぐるま　今日の汽車は、もうぜんぶ着いちまったよ。

灰子　いいえ、嘘。まだあと一本あります。

ゆき　どうせ、墓場へ行く汽車だろ？

灰子　お召し列車です。

写真師　大きな声でそんなこと言うと、

ひぐるま　憲兵さんがくるよ。

兵隊　つかまえられたら、

かぜ　シベリア行きだ。

脱走兵　啞でいれば、安全だ。

書生　悪口言いたけりゃ、

ゆき　便所の中へかくれるんだよ。

灰子　わたし、悪口なんか言いません。お召し列車を待っているだけ。

ひぐるま　お召し列車はからっぽなのさ。

ゆき　きんらんどんすの椅子には、からくり仕掛けの腕がからまわりしている。

写真師　みんな知らんふりして、
兵隊　日の丸を振るのさ。

と、靴音高く憲兵があらわれる。

憲兵　不敬罪の匂いがしたぞ。
おい、日の丸を見せろ。

全員、黒い日の丸を振る。
が灰子だけは無関心で手にした風車を吹く。

憲兵　おい婆さん、おまえ、日の丸をどうした？
灰子　舌切雀がくわえてゆきました。
憲兵　舌切雀だと？
灰子　ええ、父恋雀です。
ひぐるま　憲兵さん。この婆さんは狂っているんですよ。
ゆき　父を探して四十年、今じゃ狂った籠の鳥。男と見りゃ、父さんと呼んで抱きつくんです。
憲兵　ならば、どこかに閉じこめてこんな大通りに連れ出すな。もうまもなく、お召し列車が着く。

ひぐるま　こんな夜中に？
写真師　もう、今日の列車は……
憲兵　気ヲツケ！

全員、硬直し一斉に小旗をかかげる。

憲兵　お召し列車だ。旗を振れ！

全員、激しく小旗を振る。

憲兵　おい婆さん、旗を振るんだ。
灰子　誰に？
憲兵　お召し列車の八両目、窓の向こうで手を振る影に。みんなと同じように、黒い日の丸を振るんだ。

灰子、振りかえる。

ひぐるま　米のてんのう

ゆき　朝日のてんのう
写真師　帽子のてんのう
兵隊　大正天皇！

灰子が叫ぶ。


灰子　藁人形！

見えないてんのう、お召し列車はからっぽだ。みんな、だまされてるのさ。

憲兵　だれに？

灰子　あんたに！

あんたは知ってるんだ。本当のてんのうがどこにいるか。サーベルの下にかくしているのは何？

言ってごらん。さあ、その軍服を脱いでごらん。

嘘のてんのう、気狂いてんのう。狂ってあたしを裏切った、てんのうへいかに火をつけろ！


黒子があらわれ、鏡面の写真を剥がしてゆく。

憲兵　やめろ！　私を燃やすな。
大正天皇は死んだ。もうどこにもいないのだから。私を鏡に写すな！

と、まぼろしの大正が人々の背後で崩れてゆく。
狂乱し、逃げまどう人々。

灰子　ははは　燃えろ燃えろ。
あたしの少女倶楽部。あたしの大正。あたしの天皇。今に大正、灰になる。一期の夢の大正時代。燃えて、くずれて、灰になれ。あたしが殺した赤い鳥。あたしがもやした赤い鳥。生まれかわって雀になって、あたしの父さん、つれてこい！　あたしのてんのう、つれてこい！

次第に暗くなってゆく周囲。
と、それまで呆然と立ち尽くしていた憲兵が、汽車のように走りながら叫ぶ。

憲兵　脳病院は、
灰子　くらいです。
憲兵　脳病院は、
灰子　せまいです。
憲兵　脳病院は、
灰子　さむいです。

灰子、風車を取りおとす。

灰子　あなたは……

憲兵、風の吹く中で、ゆっくりと軍服を脱ぎ捨て、一人の狂気の男に変わる。

男　手を振れとみんなが言うんです。
灰子　どうしてですか？
男　仕事なんです。わたしにできる、たった一つの仕事。
灰子　あなたが手を振っているのを見ると、みんなが安心するからですか？
男　もう十四年も、こうして手を振りつづけているんです。
灰子　とまらないんですか？
男　ええ、機械のようにね。とまった機械は阿呆です。だが、わたしは阿呆じゃない。だから、こうして手を振りつづけるんです。
灰子　でも、あなたは、脳病院にとじこめられている。どっか、おかしいんでしょう。
男　しっ！　大声を出しては、いけません。わたしは、気が違ってはいけないんですよ。
灰子　なぜ？

男　そういう血筋なんです。

風が吹く。

男　だが、もうまもなくそれも終わる。
だれもがそれを予感し、すでに手足をふるわせ踊りはじめている。

どこからか流れこんでくる「船頭小唄」のメロディ。

男　俺は河原の枯れすすきだ。
帝都は焼け落ち、すすきの原になる。だれもが、そのことを知っているのだ。大正十二年九月一日午前十一時五十八分。すべては崩れる。耳を澄ませばガラガラとこわれてゆく時代の音がきこえる。そして三年ののち、伝えられるのは大正天皇崩御の知らせだ。芒の原で、ようやく大正が終わる。大正十五年十二月二十五日午前一時二十五分俺は死に、狂気の十五年が終わるのだ。幻の日本列島は、十数年ぶりの寒波に襲われ、不景気風が吹きまくる。旅順関東刑務所七百三十七名の囚人は沈黙を強いられ、京城日報は崩御の一日、屠殺場が閉じられることを報じ、東京中央放送局はすべての放送を中止し、浅草の火も消える。
そうだ。狂気のてんのうは、そうやって消える。俺が殺すのさ。そして、俺は帰ってゆく。俺の大正へ。

灰子　あなたは？

男　憲兵。

灰子　そして？

男　赤い鳥。

灰子　狂気のてんのうさま、なのですね。

男　仮面の、道化の、

灰子　狂うことを許されなかった血筋の、

男　そうだ。わたしは、気ちがいになってはいけなかった男。わたしの血は淀み濁っているのに……。わたしが、それに気づいたのは、夏の日。暑さの中で、なにもかもが眠りこんでいるような、まっぴるまのことだった。そんな日には、世界がすきとおって見えてくる。川みたいに、だ。川は、底までよく見える。その底には、ほかの時代がしずんでいる。それを覗くと、昔のわたしが見える。一粒の米がつづけて来た、わたしの血。米の女たちから生まれた、一人の男。わたしの父も、わたしの祖父も、時代の川をさかのぼった遠い昔の大祖父も、みんな同じ顔をしている。たった一つの顔が川の底にしずんでいる。

灰子　探していたのです。その、たったひとつの顔を。

男　子となるためにか？

灰子　はい。うしろの正面に、あなたを背負いたかったのです。

男　なぜ？
灰子　眼かくしされて犯されたから。
男　一つの時代が終わり、また次の時代になっても、その男は同じ顔をして、目かくしされた少女を犯しつづける。
灰子　わたしから流れた一滴の血の表面に一つの貌がうつっている。眼も鼻もなく、のっぺらぼうの顔だ。
男　一つの貌の下には、百の顔がひそんでいる。夜毎、仮面をつけかえて、一期は夢よ、醒めて狂え。そうだ。狂ってみせたのさ。正気の証しにな。
赤い鳥の狂気　米の狂気　すべて嘘だ。嘘の花火が空に咲く。

灰子　赤い鳥が切った父さんの男根。海に墜ちた父さんの男根から、私は生まれたのです。そして父さん、赤い鳥ころし、あたしは雀になりました。

と、うずくまった男たちが呪文のように唱える。

男たち　雀、雀、お宿はどこだ？　遺伝の闇からあらわれた、舌切り雀のお宿はどこだ！

百羽の雀が羽ばたく。

男　羽音だ。時代の空を埋めつくす雀だ。
やがて、謎めいた共鳴音をひびかせながら、その鳥は人々の頭上を旋回するだろう。そしていつか、時代はわたしたちのものとなるだろう。

灰子　あなたの狂気が嘘なら、わたしの物語はまことになります。いつも半分は嘘、半分はまこと。わたしの中の空洞に父さがしの物語が満ちてきます。ゆびをかくした包帯を解いて、人さし指は人をさす指。

灰子、ゆっくりと包帯をとき、男をさす。

灰子　このゆびは父の墓　わたしの墓　あなたの墓。人さし指が海させば、父恋船がやってくる。ようやくわたしは、あなたの中に還ることができます。
父と娘の絆を切って、犯しかえしたいのです。そして、戻りたいのです。暗い鏡にうつるわたしを覗くと、うしろの正面に、父さん、あなたが見えます。
鏡の中に墜ちてもいいのですね。父さん。

と、男が灰子のうしろにまわり、眼かくしをする。

灰子　だれ？

男　ほら、ニギリメシをあげよう。

灰子　だれ、父さん？　脳病院につれて行かれたあたしの父さん？

めかくしした指の間から、夕焼けがこぼれます。空が真っ赤です。父さん、夕焼けがきれいです！

手を振る父さん、一つの血の父さん！　米の父さん！　中折帽の父さん！

父さん。父さんのなかの百人の父さんに呼ばれ、あたしの肉をこばんだ父さん。大正の父さん、大正七年十一月の「新しき村」の父さん、大正三年十二月十八日の新橋ステーションの万歳の父さん、シベリア出兵の、ウラジオストックの、四六連隊の父さん、大正八年のスペイン風邪の、十五万人の死者の父さん、

松井須磨子のカチューシャの唄の父さん。

父さん……そして、陛下さま、わたしはあなたと寝たいのです。

暗転。

火學お七

登場人物

お七
ゆき
つき
はな
女主人
マッチ売りの少女
産婆
暦屋の女房
暦屋
鋏屋
質屋
米屋
土地係

プロローグ

暗黒の中で擦られる一本のマッチ。

その炎の中で娼婦お七が独白する。

お七　……十年……たった……。十年……、きのう死んでも、よかったような、明日、死んでもいいような……かと言って今日、死にたい程の訳があるじゃなし。

炎が消えると闇。

その底から低く風音にまじって拍子木の音がきこえてくる。遠くかすかに「火の用心」の人声がする。

拍子木、次第に高まり場内のあちこちで鳴りひびく。

1　雨もよい

平手打ちの明かりがつくと、そこは東京下町の娼家。三人の少女娼婦（ゆき、つき、はな）が風呂敷に荷物を包んでいる。

ゆき　（はなの風呂敷を見て）赤い風呂敷です。
はな　母さんの腰巻。
ゆき　母さんの赤い腰巻にアルミの弁当箱くるんで東京を見たのは三年前のことでした。弁当のおかずは？
はな　タラコと梅干。
ゆき　嘘ばっかり。梅干だけでした。
はな　タラコ。
ゆき　嘘こき屁こき。
はな　タラコ。
ゆき　田舎に帰る土産にタラコ一樽、持ってくといいよ。
（つきに）どうしたの？
つき　タラコ、きらい。気持ち、わるい。
父さんの、しなびたアレを思い出します。オエッ……（と、吐く真似）

ゆき　じゃ、梅干は？
つき　母さんの乳首。すっぱくて気持ちいいです。
と、「誰だい？」娼家の女主人が走り出てくると叫ぶ。手に火掻棒を持っている。
女主人　竈の前で大股ひろげたのは誰なんだい？　おかげで竈の火が消えちまった。縁起でもない。
少女娼婦たち、首を振る。
女主人　竈の神さま火の用心だよ。竈の前で大股ひらいて、濡れたあそこをかわかすと神さまが怒る。火が消える。誰なんだい？　火を消したのは、おまえかい？
ゆき　ちがいます。
女主人　おまえかい？
はな　（首を振る）
女主人　それじゃ、
つき　私じゃありません。
女主人、じろりと三人の前の荷物を睨む。

女主人　何してたんだい？
ゆき　荷物まとめてたんです。
つき　田舎に帰るんです。
女主人　いつになったら、帰れるんだい？
ゆき　あと一ト月。

少女娼婦たち両手を前に出し、

つき　ひいふうみのよう、ぜんぶで三十本。指が全部折れたら、
はな　ひなまつり！
ゆき　ばかッ！　田舎に帰るんだよ。
つき　あと一ト月で、この店なくなる。
ゆき　あと一ト月で、赤線なくなる。
つき　赤い灯青い灯、みな消える。
ゆき　帰るんです。
女主人　帰しゃしないよ。この店がなくなっても、おまえたちは娼婦だ。どこへ帰るといったんだい？

はな　田舎。

女主人　どこに田舎があるって言うの？　えっ？　言うんだい？　おまえの田舎は火事で丸焼け、（ゆきに）おまえのとこはダムの底。（つきに）おまえの家はちりぢりばらばら。

少女娼婦たち、黙る。
花道に明かりが点くと、マッチ売りの少女が現れる。ゆっくりと歩く。

女主人　おまえたちは、ここに居つくんだよ。娼家はなくなる。だけどわたしはいる。おまえたちもいる。ミシンを三台買ってやるからお針子になるんだ。すると、男の客がくる。仮縫部屋のカーテンのかげでも淫売はできるよ。

マッチ売りの少女、娼家の前にくると、立ちどまる。

女主人　何だい？
マッチ売りの少女　火事です。
女主人　どこが？
マッチ売りの少女　（一箱のマッチを取り出し）ほら、火事の素。
女主人　間に合ってるよ。（怒鳴る）

明かりが消える。
少女、マッチをする。
と、格子窓がひらき燭台を手にした娼婦お七が顔を出す。

お七　明け方、夢を見た。緋鹿子の振り袖を着て、火に焼かれている夢だった。あたしは娘で、にっこりと笑っていた。（少女に）幾つ？
マッチ売りの少女　十五……。
お七　名は？
マッチ売りの少女　お七……。
お七　同じ名だ……、そう言えば昔、同じ名の八百屋の娘がいて三尺高い木の上で死装束を火の花に染めて、……死んだ。……ほんとの名は？
マッチ売りの少女　ありません。私、まだ名前はありません。
お七　それじゃ、誰？
マッチ売りの少女　誰でもありません。まだ。
お七　あたしには名がある。お七……。あたしは、お七。
マッチ売りの少女　疑ってるみたい。
お七　十年前から娼婦のお七。

マッチ売りの少女　十一年前は？
お七　えっ？
マッチ売りの少女　十年とそれから一年です。十一年前は？
お七　……子供、だったんだろう、多分。
マッチ売りの少女　それからは？
お七　嘘ついて十年生きた。
マッチ売りの少女　どんな嘘？
お七　終われば始まる、始まって終わる嘘、さ。
十年……十年あたしは、娼婦で夢心地。
マッチ売りの少女　何を思って、十年？
お七　さあ、……何も思わず、十年。
マッチを売っているのかい？
マッチ売りの少女　火事の素です。
お七　一箱、買ってあげるよ。（マッチを手に一本擦るが火が点かない）つかないつかない火がつかない。

お七、一箱分のマッチを擦るが、点かない。マッチ売りの少女、去る。

お七　どうしたって言うの、火がつかない。（箱を投げ捨てる）

明かりが入ると、産婆がいる。信玄袋から一本の縄を取り出す。

ゆき　首括《くく》り。

つき　荷作り。

はな　綱引き。

産婆　力縄だよ。

畳一枚はがして板の上には筵を敷き、その上に藁を積み、藁の上にはぼろ布を敷いて、それが巣になる。天井からはこの力縄。これにすがってふんばるんだ。子産みだよ。

女主人　そうだったねえ。

いきんでふんばり、息吸って吐いて。吸って吐いて。大仕事だ。（少女娼婦たち、息を吸っては吐く）

産婆　嘘ばっかり。

女主人　何が？

産婆　あんた、いつどこで孕んだんです。どこでいつ産んだんです。

女主人　あんたと同じさ。

産婆　おや、石女と言いましたね。

女主人　そりゃあんただ。

産婆　わたしは、あんたです。
　孕んだ子は？
女主人　調べておくれ。
産婆　火の用心は血の用心。月のものは？
ゆき　あります。
産婆　吐き気は？
はな　ありません。
産婆　元気は？
つき　ありません。
産婆　おや（と、つきの胸に耳をあてる）
　心臓は？
つき　あります。
産婆　幾つ？
つき　ひとつ。
産婆　孕んでるね。
つき　いいえ。
産婆　だったら心臓がふたつあるのかい？
つき　ひとつです。

産婆　二つきこえるよ。
女主人　ほんとに？
産婆　ひとつはトクトクひとつはコトコト。この子の体からきこえる。コトコトは胎児の心音。孕んでる。
女主人　孕んでるのかい？
産婆　孕んでるよ、たしかに。
女主人　だれの子だい？
産婆　父親は誰だい？
つき　……

と、花道を歩いてきた一人の女が娼家に着く。暦屋の女房である。

暦屋の女房　お待ち遠さま、月めくりを持ってきましたよ。
女主人　何だって？
暦屋の女房　月めくり。毎日めくるのが日めくりで、毎月めくるのが月めくり。一年に一回めくるのがしめくくり。
女主人　そんなものは頼みゃしない。
暦屋の女房　嘘ばっかり。きのうの夜、電話がかかってきました。

女主人　あたしは、そんな電話、かけません。月めくりだなんて、いやらしい。ここは娼家なんだ。日めくりがひとつ、あればいいんです。あたし専用の日めくりがひとつ、神棚の下にぶらさげてある。
暦屋の女房　それじゃ、押入れの中にでもかくすんでしょう。
女主人　誰が？
暦屋の女房　月めくりを欲しがっている女が。
女主人　何のために？
暦屋の女房　あたしは知りません。
女主人　（少女娼婦たちを睨みつけ）誰が頼んだんだい？　誰が暦屋に月めくりを注文したんだい？

少女娼婦たち、首を振る。

女主人　（つきに）おまえかい？
おまえが孕んでいる子の生まれ月を勘定するために月めくりを欲しがったのかい？
つき　ちがいます。
暦屋の女房　おや、この子、孕んでるんですか？
女主人　大方、裏の路地で犬のようにまぐわって、どこの馬の骨ともわからぬ奴の子を孕んだんだろうさ。

産婆　でなけりゃ、鼠鳴きして精力絶倫の種馬から、おこぼれをもらったか。
暦屋の女房　それとも牝猫みたいに喉を鳴らして、色好みの牡山羊の種子を植えつけたのかい？
女主人　狒々爺いの子かい？
産婆　宿なしの野良犬の子かい？
暦屋の女房　豚野郎の子かい？
つき　男の、子です。（叫ぶ）
女主人　誰の子だろうと生ませやしないよ。
おまえは娼婦だ。
産婆　血と一緒に下水に流させるよ。三月の胎児の川流れだ。
暦屋の女房　暦を焼いて、呪いをしてやるよ。そうすりゃおまえの腹の中は、大火事だ。

次第に暗くなってゆく中に、お七の姿だけが残る。

お七　淫売屋の主に産婆に暦屋の女房、子を産めない女たちが火のたまになって孕んだ娘を嫉妬している。もっともっと妬みの炎を燃やすがいいんだ。そうすりゃこっちは暖ったかくなる。たきびだ、たきびだ、落ち葉たき、は、は、は。

暗転。

間奏曲―1

マッチ売りの少女が一本のマッチを擦り、話しはじめる。その炎が消えそうになると、同じ火で次のマッチをもやす。遠くにボーイ・ソプラノが歌う「あの町この町」がきこえている。


マッチ売りの少女　十年、前。この町に火事がありました。そして、学校が燃えたのです。小学校でした。

その小学校の校庭には桜の木があって、燃えました。火事を見つけたのは下駄屋の真ちゃんで、真ちゃんはそのとき桜の木の下に立たされていたのです。宿題忘れた罰でした。「学校がもえてる」と、真ちゃんは叫びました。「黒板がもえてる、先生がもえてる」もえてる、もえてると叫ぶうちに火はどんどん拡がって……。

米屋が火事でした。

質屋が火事でした。

暦屋が火事でした。

鋏屋が火事でした。

町内会が火事で燃えました。火つけだとみんなは噂したそうです。でも火をつけたのが誰だったのかは、わかりません。焼け野原の小学校のあとには淫売屋が建って、赤い灯を看板に、毎晩火事さわぎ。それから十年たちました。十年。

十年前の火事を起したのが誰だったのか、何のための火事だったのかは、わかりません。今も、わからないのです。

（火をつけそこない）アッ！　火傷！

2　一列こぞって

丸い茶袱台の上に土が盛られ、四人の男たち（暦屋、質屋、米屋、鋏屋）が、その土を掌でならし、板でかこっている。直径一メートルの空地に、男たちは、小学校を建てる相談をしているのである。

質屋　あと一ト月ですよ。
暦屋　そう、あと一ト月。
米屋　やはり小学校を建てますか？
鋏屋　小学校でしょう。
質屋　この町内会のいい子たちが一列こぞって並べる校庭つきの小学校。
米屋　校庭には、やはり銅像が必要です。私にまかせておいて下さい。
鋏屋　大丈夫ですか、米屋さん。
米屋　大船に乗った気でいて下さい。
暦屋　誰の銅像を建てるんですか？
米屋　偉い人の銅像です、勿論。
質屋　偉い人というと？
米屋　銅像になるのがふさわしい人です。色々といるでしょう。ホラッ！
鋏屋　たとえば？

米屋　だからですね……

暦屋　二宮金次郎、とか？

米屋　なかなか。

質屋　聖徳太子、とか？

米屋　まだまだ。

鋏屋　中村太郎、とか？

暦屋　知りませんねえ。

鋏屋　私の曽祖父、です。

米屋　何がかなしくて、小学校の校庭に、あんたのじいさんの銅像を建てなくちゃならんのですか？

鋏屋　偉い人だったんですよ。

質屋　どう偉かったんですか？

鋏屋　中村鋏店を開業したんです。

質屋　それなら、私のひいひい爺さんの銅像でもいい訳だ。山田質屋の創設者です。

暦屋　鋏屋も米屋も質屋も、駄目です。

米屋　暦屋も、ですよ。

　大体、あんたんとこの暦には、間違いが多すぎる。先月などは日曜が七日もありました。

暦屋　……冗談のわからん人だ。

質屋　（とりなすように）もう間もなく十年になります。

鋏屋　そう、十年になる。
米屋　小学校が焼けてから、十年。
暦屋　あの火事で丸焼けになって死んだ、消防団の道ちゃんは、同級生でした。
質屋　行方不明になった古着屋の正ちゃんも、同級生でした。
鋏屋　花屋のマーちゃん、
米屋　肉屋のよっちゃん。
暦屋　十年前まで、この町には、あちこちに抜け裏があって、
米屋　そう、そば屋について曲がって、横丁に突き当たってから路地を右に折れると、生薬屋の角に出る、そんな抜け裏があって、
鋏屋　ごみ箱がならんで、やっと人一人通れる抜け裏とか、
質屋　長屋のひあわいを、身を横にして抜けると、思わぬ近さで大通りに出られる抜け裏とか、
暦屋　そんな抜け裏が幾つも幾つもあって、探偵ごっこには、なくてはならないものでした。
米屋　二十年前、鳩の町第三小学校少年探偵団だったころのぼくらは校庭の桜の木の下で、
質屋　小林少年になり、抜け裏から大通りへと走ったものです。
鋏屋　その小学校が焼けて十年。
暦屋　消防団の道ちゃんが死んで、十年。
鋏屋　抜け裏がもえて十年。
米屋　どこもかしこも舗装道路になって、小学校の焼け跡には淫売屋がたった。

質屋　それも、あと一ト月ですよ。
鋏屋　そう、あと一ト月で淫売屋は空き地になる。

と、花道を歩いてきた一人の男が、「失礼します」と、声をかける。「区役所から来ました」

暦屋　区役所？
土地係　区役所の土地係です。娼家「鳩の町」がとりこわしになったあと、小学校を建てるという計画書が私のところにまわって来たのですが。
質屋　その通りです。調査にいらしたんですね。
土地係　ええ、まあ。その土地の広さは、どのくらいですか？
鋏屋　火事で焼ける前は小学校が建っていました。
土地係　娼家が建っているんじゃないんですか？
米屋　娼家の前が小学校で、小学校のあとが娼家になったんです。
土地係　混乱してきた。
質屋　広さ、と仰言《おつしや》いましたね。
暦屋　どのくらい、広いか、ですね。
米屋　広さを知りたいんですね。

土地係、あとずさってゆく。と、ふいに男たちの背後の高みに明かりが点く。

女主人 何しにきたんだい。

質屋 引っ越しの用意は、すんだんですか？

女主人 赤い布団を三組買った。

米屋 あと一ト月、だってのにまだ稼ぐつもりか？

女主人 看板を塗りかえるだけだよ。

娼家「鳩の町」改メ洋裁店「鳩の町」だ。

腰まわりを計るついでに、股倉にぶら下ってるもんの大きさも計ってやるよ。

鋏屋 就職先の世話はしますよ。

みどりのオバサンがいいですか？ 日生のおばちゃんがいいですか？

米屋 ヤクルトオバサンに、おそうじオバサン……。

女主人 おことわり、だね。

あたしは淫売屋が好きなんだ。

質屋 （娼婦のゆきに）看護婦さんは、どうです？

ゆき 注射、きらいです。

米屋 （娼婦のつきに）お花屋さんは、どうです？

つき　花の匂いで頭、痛いです。
鋏屋　（娼婦のはなに）何になりたい？
はな　およめさん！
女主人　出て行っとくれよ。
　ここにくるのは、客のときだけ。金持って女買いにきてくれたら、頭を下げてやるよ。
暦屋　区役所から調査にきてるんです。
女主人　だれが？
暦屋　土地係の人ですよ。
女主人　新顔だね。ペエペエだね。見たこともないよ。金はあるのかい？　うちは安くないよ。
質屋　娼婦を買いにきたんじゃない。
女主人　じゃあ、何しに女郎屋に来たのさ？
米屋　小学校の下見だ。
女主人　小学校だって？
　淫売屋をとりこわして小学校建てるのかい？　やめときな。ここの土にゃ、女たちの血がしみこんでる。化粧の匂いがこびりついてる。風が吹くと、くさいよ。
　十年、ここは娼家だったんだからね。
暦屋　十年……。
女主人　ああ、十年だ。

米屋　おいッ！
女主人　何だよッ！
米屋　ひょっとすると、
鋏屋　十年前の火つけは、
女主人　火つけがどうしたんだい？
暦屋　十年前に火事があって、
質屋　小学校が焼けた。
米屋　焼け跡に淫売屋が建った。
女主人　あたしがやってきた。
鋏屋　おまえがきた。
女主人　お合憎さま。
あたしが来たとき、ここはもう、焼け野原だったよ。火つけはあたしじゃない。小学校を焼いたのは、あたしじゃない。

と、格子窓がひらき、お七が顔を出す。

お七　うるさいねぇ、火つけの、火事のと、うるさくって、昼寝もできやしない……、吉さん！　あんたは、吉さん！

お七、格子窓を閉める。
男たち、開いて閉じた格子窓を見、

質屋　吉さん、と言って戸が閉まりました。
鋏屋　吉さん、と誰かを呼んだようです。
米屋　と、いうことは、誰かが吉さんらしい。
暦屋　四人（と言いかけて土地係に気づき）、いや五人の内の誰か、だ。
質屋　私、吉太郎、と言います。
鋏屋　知ってますよ。鳩の町第三小学校の同級生だったんだから。
私、実は吉次郎と言います。
米屋　知ってます。知ってます。隣同士で生まれたんだから。私、実は吉三郎です。
暦屋　知ってますよ。親父の代から同じ町内会だったんだから。私、実は、吉四郎、と言います。
（土地係に）ところで？
土地係　あの人は、誰ですか？
女主人　お七、だよ。娼婦のお七。
押入れに隠れて、火遊びしてる女、さ。
土地係　押入れ？

女主人　火事が怖いんだとさ。
土地係　お七……さん。
女主人　（土地係に）でかい口あいてないで、金、もっといで。
質屋　なんてこと、言うんだ、このバイタ！
女主人　……
米屋　インバイ！
鋏屋　色きちがい！
暦屋　あばずれ！
女主人　それだけかい？　もうないのかい？　いいんだね？　十分なんだね？

男たちが黙りこむと、少女娼婦たち立ち上がる。

間奏曲―2

女主人が、やってきた男たちを追い払うように、「今夜は節分だよ、豆をまきな」怒鳴ると少女娼婦たちは悪口を言いながら豆をぶつける。

「こん畜生！　馬鹿野郎！　豚！　まぬけ！　糞ったれ！　ろくでなし！　のろま！　しみったれ！　たわけ！　とんちき！　老いぼれ！　ペテン師！　人でなし！　野蛮人！　ててなし子！　オタンコナス！　どケチ！　穀つぶし！　弱虫！　卑怯者！　貧乏人！　ふたなり！　文無し！　やくざ！　山師！　アル中！　ぼけなす！　しらみったかり！　高利貸し！　ふとっちょ！　ぐず！　ウスノロ！　のんだくれ！　女たらし！　でしゃばり！　ダニ！　スカタン！　スットコドッコイ！　糞づまり！　成金！　蝮！　出歯亀！　色魔！　阿呆！　チンドン屋！　田舎っぺ！　エテ公！　ぐうたら！　裏切者！　せむし！　グニャチン！　ごろつき！　ルンペン！　百姓！　素寒貧！　ケチ！　エッチ！　おっちょこちょい！　抜け作！　因業親爺！　ごうつくばり！　ゴキブリ！　お化け！　アデランス！　はげ！　脳無し！　畜生！　腰ぬけ！　気違い！　犬！　せむし！　目っかち！　人殺し！　狒々爺！　恥知らず！　おカマ！　もうろく爺！　キ印！　共産党！　どぶネズミ！　民青！　追い剥ぎ！　野次馬！　にせもの！　乞食！　イモ！　スケベ！　チンピラ！　でぶ！　へぼ！　狐つき！　ヒョットコ！　鬼！　出臍！　ド近眼！　盲！　片輪！　ビッコ！　ハイエナ！　嘘つき！　嘘つき！

嘘つき！」

3 めくら鬼

薄闇の中に、お七の姿が浮かびあがる。

お七　あの人だ……あの人だった……体のまわりに歳月の……やわらかい霧がひろがってゆくよう……心がほどけてゆくよう……だ。

身の内を、毒が流れて十年十日名づけようのない……こまかな傷で、ザラザラになってしまったものが、いつとはなしにしゃがむのをやめて立ち上がり、形も重さも消して、どこかへ去ってゆく、そんな感じがする。

十年……前、金の屏風の空。屋根の裾に湧き立ち湧き上がる火の粉だった。煙の渦が巻いたと思うと、サーッと風。すると火の粉は黄金《きん》の葉になって、火焔《ほのほ》の舌があたしを舐めた。吉さん、吉三さんを舐めた。（次第にあどけなく）学生服、着てた。ほうずき屋があった。ほうずき屋の紅い海ほうずき。それを見て、そう見た。そのまばたきの間に、あの人とはぐれちまった。……はぐれちまった……。

溶明すると、お七の背後には「八百屋お七」を描いた絵看板がある。その傍には土地係がいる。

お七　誰？

土地係　火事の便りを待っている人がいる、ときいてやってきました。
お七　遠くから？
土地係　ここが焼けても、煙ひとつ見えないところです。
お七　そうでしょうね。
噂というもの、離れれば離れる程、面白おかしくなってゆく。でも、なぜ？　探しているんですか？　火事のたよりを待つ人を、探しているんですか？
土地係　ええ。
火事のさなかにはぐれて。
お七　私、でしたか？　その人？
土地係　わかりません。まだ。
お七　どこで起きたんです？　その火事？　半鐘きこえました？　炎、見えました？

と、女主人が現れ、時間だよ、言うと絵看板の一枚をはずす。と、その部分は空白になる。

土地係　ぼくの火事は、十年前に起きました。十年前の、雛祭り。町内の出火を告げるすりばんが、じゃらじゃらじゃらじゃんじゃんと鳴り出したんです。
お七　火元が近すぎる……。
土地係　半鐘の外側を、叩くんじゃありません。内側を、ひっかきまわすんだから、耳ざわりな音が

しました。それがいきなり、頭の上で、じゃらじゃら、

お七　じゃんじゃん

土地係　じゃらじゃらじゃんじゃん

お七　じゃらじゃらじゃんじゃん

土地係　じゃらじゃらじゃんじゃん

お七　じゃらじゃらじゃんじゃん

と、女主人が現れ、時間だよ、言うとまた絵看板を一枚はずす。

お七　あなた、どうしました？

土地係　叫びました。

お七　火事だ、と？

土地係　逃げようとしました。

連れて逃げなくちゃいけない人がいて、手を引いて、裸足でした。

お七　火傷は一生たたりますよ。

土地係　ところがその人は……動こうとしない。

お七　なぜ？

土地係　見とれているようでした。

お七　火事に？
土地係　火の色に。

女主人が現れ、時間だよ、言うとまた絵看板を一枚はずす。空白の部分に、土地係とお七の姿が見え隠れする。

お七　火の色に……。
土地係　紅い、色でした。
お七　口紅のように？
土地係　血のように。
お七　口紅をつけていませんでしたか、その人？　口紅を塗ると、唇があたたかくなるから、小さな火事が起きるから、化粧するんです、わたし。寂しいと、化粧するんです、女は……。
土地係　あれは、いい火事でした。
お七　どのくらい、燃えました？
土地係　両手を拡げても、隠しきれないくらいでした。
お七　何時間、つづきました？
土地係　ざっと一晩、あれはいい火事でした。
お七　色は？

土地係　充分に、たっぷりと夕焼けだった。

女主人が現れると、時間だよ、絵看板を一枚はずす。

土地係　あれはいい火事でした。

ほとんど興奮するような、炎で勢いだった。

お七　それで？

土地係　はぐれたんです。

お七　逃げたんじゃないんですか？

土地係　どこもかしこも火事でした。

お七　どこもかしこも？

土地係　ええ。

お七　動いたんですね。火の中に立ちどまってはいずに、動いたんですね、歩いたんですね、走ったんですね、逃げたんですね。

土地係　火事は夜からはじまって朝に燃えて昼に焼けて、おさまったときは、日が昏れていました。

お七　あたしの火事は、日ぐれでした。もうお帰りなさい。日がくれます。

土地係　……

お七　あの町この町、日がくれる。今来たこの道、帰りゃんせ。お家がだんだん、遠くなりますよ。

暗転。

4　火箸の一対

暦屋の夫婦が背中合わせに座っている。二人の前にはそれぞれの食卓がある。直径三十センチ程の茶袱台に向かい、二人は無言で夕食を摂っているのである。長い食事。花道にマッチ売りの少女が現れ、歩きはじめる。

暦屋の女房　紗魚ですよ。
暦屋　えっ？
暦屋の女房　紗魚です。
暦屋　何が？
暦屋の女房　その魚の名前を訊いたんじゃなかったんですか？
暦屋　誰が？
暦屋の女房　あなた。
　その魚の名前は紗魚です。子持ち紗魚です。冬の魚です。
暦屋　私は魚の名前なぞ、きかなかったよ。
暦屋の女房　そうですか……。
暦屋　空耳だよ。

二人、また黙々と食べる。

暦屋の女房　鰈ですよ。

暦屋　えっ？

暦屋の女房　鰈です。

暦屋　何が？

暦屋の女房　眼の前の魚の名前を訊いたんじゃなかったんですか？

暦屋　誰が？

暦屋の女房　あなた。

あなたの眼の前の魚の名前は鰈です。子持ち鰈です。

暦屋　私は魚の名前なぞ、きかなかった。

暦屋の女房　そうですか……。

暦屋　空耳だよ。

二人、また黙って食べる。

暦屋の女房　シシャモですよ。

暦屋　わかったよ。

暦屋の女房　子持ちシシャモです。
暦屋　子持ち若布はないのかね？
暦屋の女房　今日は魚の日です。
暦屋　お茶をくれないかね？
暦屋の女房　台所の七輪です。
　私、魚を食べなくちゃならないから。
暦屋　紗魚に鰈にシシャモ……。
暦屋の女房　子持ち紗魚に子持ち鰈に子持ちシシャモです。
暦屋　せいぜい食ってくれ。

と立ち上がる。マッチ売りの少女に気づき、

暦屋　なんだね？
マッチ売りの少女　火事の素、いりませんか？
暦屋　間に合ってるよ。
暦屋の女房　お客さまですか？
暦屋　物売りだ。
マッチ売りの少女　物売りではありません。事売りです。出来事を売るんです。

マッチ売りの少女、一本のマッチを擦って、すぐ吹き消す。

暦屋 ……見えた……、いや、見えたような気がする。

マッチ売りの少女 誘い火です。ホラッ！

マッチを擦る。消す。

暦屋の女房 アッ！ あの人……。

マッチ売りの少女 火事の素、いりませんか？

暦屋、マッチ売りの少女の差し出すマッチ箱を受けとり、憑かれたように一本目のマッチを擦る。

暦屋 柱時計が八時を指している。(自分の腕時計を見) 今は七時四十三分だ。八時の柱時計が動いた。八時一分。また動いた。八時二分。狂っているんだ、あの時計は……。(いきなり) や、やめろッ！ 柱時計の裏蓋が開いて、俺を誘っている。ネジと歯車の迷路だ。俺は、入ってゆく。そこに……。入ってゆく俺が見える。あの柱時計、あれは、俺が、俺が直そうとしてこわした、家の時計だ。

マッチが消える。マッチ売りの少女、あなたの番です、と暦屋の女房にマッチ箱を渡す。暦屋の女房、一本目を擦る。

暦屋の女房 あたし、おかめの面で、あんた、ヒョットコ。あんた、太鼓で、あたし、笛。夏の祭りは暑くって、暑くって、脱ぎな、と、あんた言いました。汗がね、汗が塩ッ辛くて、眼にも口にも、泌みました。あんた、約束しませんでした？ 小学校で机、並べて、机並べていろはを習い、はの字忘れていろばかり。色っ早くて、わるかったですね。あんた、ちりぬるを、ばっかり。ちりぬるを、ちりぬるを、ちり、ちり、ちった……。

暦屋、二本目のマッチを擦る。

暦屋 天体望遠鏡の町だった。町は全部、俺の眼の中にあって、町は俺の机の抽出しの中で少しずつ、出来上がっていって……。俺は望遠鏡で確かめては、町を作っていった。屋根に昇って町を見ると、空き地にゴミ捨て場があって、毎日六時になると一人の男がゴミを拾いに来た。一日目は自転車の車輪で二日目は七輪の欠けたので三日目は、古靴を片っ方。それを見て俺はひどくそいつが羨しかった。きっと、あいつの作る町は俺の抽出しの中の町より、大きいに違いない……、消えた。

暦屋の女房、二本目のマッチを擦る。

暦屋の女房　あれは、あたし。小娘のあたし、行水してます。のぞきは高くつきますよ。ただでのぞくと目がつぶれます。あんたは餓鬼大将で、あたしが新しい蛇の目傘さすと、ぶっ裂きました。そこであたしは、ぶちました。ぶっかくひっかく噛みっつく。あんたの肩に、歯形が残りました。まるで火事場のような歯形、あの歯形、長いこと、長いこと、のこってました。

マッチが消えると、また次のマッチを擦る。と、暦屋、俺の番だ！　叫んで女房のマッチを吹き消してしまう。

暦屋の女房　何するんです？

暦屋　俺の番だッ！（とマッチを擦る）

暦屋の女房、ふうッ！　と鼻息もあらくそれを吹き消し、自分のマッチを擦ろうとするが、マッチ箱は空っぽ。暦屋のマッチ箱も空になってしまっている。

二人、台所から徳用マッチを持って来て擦るが、何も見えない。狂ったように、マッチを擦る二人。

やがて、闇が訪れると、高みでマッチ売りの少女と娼婦お七がマッチを擦り、哄笑する。流れこんでく

る音楽。その中で、

マッチ売りの少女　町内会の　馬鹿鳥が
お七　あわれ　じぶんの　目をつつく
マッチ売りの少女　むかし恋しや　今憎し
お七　歌を忘れた女房と
マッチ売りの少女　逃げてかくれた男とが
お七　町の墓場で落ち合って
マッチ売りの少女　家を捨てよか　嘘つこか
お七　でなけりゃ　戸を閉め　火の用心
マッチ売りの少女　枕で　息をとめようか
お七　めくら千里の　花一輪
マッチ売りの少女　空の寝床の　あの人は
お七　今日はどこやら　死んだやら
マッチ売りの少女　マッチ灯りで　さがしたら
お七　一本擦っても　帰らない
マッチ売りの少女　二本擦っても　沙汰もない
お七　三本擦っても　便りない

マッチ売りの少女　四本擦っても　声もない
お七　五本擦っても　噂もない
マッチ売りの少女　六本擦っても　戻らない
お七　七本擦っても　消息ない
マッチ売りの少女　八本擦っても　明るくない
お七　九本擦って　振りむいて
二人　地獄の顔を照らし出す！

マッチが消えると闇。
その中で、火がついたように赤ん坊が泣き出す。

間奏曲―3

川っぷちに少女娼婦つきが坐りこみ、川の中に小石を一つずつ投げこんでいる。

つき　しゃぼん玉、消えた。（石を投げる）
飛ばずに消えた。（石を投げる）
うまれてすぐに、（石を投げる）
こわれて消えた。

石を投げようとすると、影のように現れた産婆が目かくしをする。

産婆　うしろの正面、鬼だよ。
つき　誰？
産婆　子とろ子とろの産婆だよ。

目かくしをはずそうとすると、つきが、「はずさないで」ととめる。

つき　目かくし、はずさないでください。

産婆　なぜ？
つき　月夜です。満月です。
　月夜に産婆を見ると、どこかで必ず人が死ぬ。
産婆　おとといの夜、となり町の糸屋が焼けた。火の中で男が女を殺そうとして、果たせなかった。
　だから、
つき　だから？
産婆　おまえの腹の中の子は、流れるよ。
つき　でもわたし、きのう魚を食べました。命、つぎ足したんです。
産婆　その魚、生きてたかい？
つき　死んだばかり。
産婆　それじゃ、無駄をしたことになる。いのちの量は、いつもひとつで、だれかが死ぬと、だれかが生まれる。
つき　しゃぼん玉、とんだ。
産婆　しゃぼん玉、消えた。
　おとといの火事で、糸屋の娘は命、助かっちまったからね、おまえの腹の子は、生まれる前に消える。
つき　ひとごろし。
産婆　ひとだすけ、さ。あたしが赤児を間引くと横丁の爺さんが生きかえる。十月と十日で産ませると、自転車屋の婆さんが死ぬ。おまえ、産みたいのかい？

つき　はい。

産婆　だったら、いいもん貸してやる。右手をのばしてごらん。

つき、手さぐりして一本の縄をとりあげる。
それを手で確かめる。

産婆　何だか、わかるかい？

つき　蛇、です。

産婆　縄さ。子を産むためにすがる力縄。それで死に損いの糸屋の娘を殺すといい。命に不足ができるからね。おまえの腹の中の子の命をつぎ足してやるといい。

目かくしをはずす。力縄を見るつき。

産婆　満月で、町内会が海のようだ。枯れ枝が煙ったように見える。火の見櫓が燈台みたいだ。まんまるな月は女の泣きっ面。余り器量がよくなくて、利口そうでもない女が泣きっ面してるのに、ふしぎと醜い感じがしない。嬉しくて、泣いているせいかも知れないね。

暗転。

5　遺失物

平手打ちの明かりが入ると、娼家。町内会の質屋がさまざまなものを値踏みしている。

質屋　洗面器、洗面器、洗面器、洗面器は、これで全部かね？
女主人　全部だよ、ありったけだ。
質屋　次は？
女主人　湯たんぽ。

少女娼婦たち、湯たんぽを運んでくる。

質屋　湯たんぽ、湯たんぽ、湯たんぽ、湯たんぽ、湯たんぽ……（うんざりし）幾つあるんだ？
女主人　客の数分、さ。
質屋　洗面器と湯たんぽじゃ算盤玉もソッポを向くばかりだ。何かもっとこう、金目のものはないのかね。
女主人　金気のあるもんは錆がつくからね、娼家にゃ似合わないんだ。ブリキに血がつくと、すぐさびる。だからうちの金隠しは土でできている。
質屋　使い古しの淫売屋の便器をどうしろと言うんだ？　金気のもんじゃない、金目のものだよ、何かあるだろう？

女主人　金むくの（と質屋の耳に口を近づけ）があるよ。

質屋　金むくの？

女主人　ああ。

女郎屋にくる客は、いろんなものを置いてゆく。田舎を置いてゆく奴もいれば、きのうを捨ててゆく男もいる。他人を刺したばかりの包丁を忘れてゆく男もいれば、身分証明書をゴミ箱に捨ててゆく奴もいる。おかげで物置は満員だよ。うっかり鍵をかけずにいると、忘れ物が夜泣きして、うるさくって仕方ない。

ちょっと待ってとくれ。金むくの忘れ物をさがしてくるからね。

女主人が奥に消えると、少女娼婦のゆきが、「質屋のおじさん」呼ぶ。

質屋　何だね？

ゆき　半年前に質入れしたもの、出したいんです。

質屋　半年前？

ゆき　はい、大切なものです。

質屋　一体、何を預かったのか、忘れてしまったよ。預け主を覚えていると、情が移るのでね。

ゆき　それは、

質屋　それは？

ゆき　戸籍謄本！

私の名前の家系図、一家丸ごと預けたんです。

質屋　あゝ、あれか、あれは質流れしたよ。

とっくに質流れして、今じゃ他人さまの家の仏壇にしまわれてる。

ゆき　それじゃ、私、迷い児になったんですか？

迷い児みなし児家なき子、家系図がなくちゃ家に帰れません。

と、戻ってきた女主人が、「嘘ばっかり」と決めつける。

女主人　何が、私の名前の家系図だよ。

あの家系図は、おまえの親父が火葬場からかっぱらってきたもんだろ。おまえを女郎屋に高く売りつけようとして、棺桶の中からこっそりくすねたんじゃないか。

つき　質屋のおじさん。

女主人　おまえも家系図かい？

つき　写真です。

一家団欒の家族の肖像です。一年前に質入れしました。

質屋　思い出した。

あんまり役に立たないもんなんで、こうして持ち歩いている。これだね。（渡す）

つき　はいッ！

父さん、元気ですか？　……アッ！

はな　どうしたの？

つき　あたしだけ、年とってる。

父さんも母さんも、十年前のままなのに、あたしだけ、ばあさんになっちまってる。

女主人　死人は年をとらないからね。

十年前の写真の中で、一家そろって楽しく暮らしてるんだよ。あきらめな。おまえはもう一家の他人なのさ。

（はなに）おまえも何か質入れしたのかい？

はな　はい。

女主人　何を預けたんだい？

はな　にぎりめし。

質屋　竹の皮に包んだ奴か？

はな　梅干しとタラコとタラコ。

質屋　大切そうに持ってくるから、大事に預かっといたら、カビが生えて、その内にくさって、えらい目に遭ったよ。

はな　にぎりめし。

質屋　捨てたよッ。
まったく、ロクなものを預けやしない、おまえたちときたら……。
おや、これは？（と、つづらを見る）
女主人　開けないどくれ。
質屋　何が入ってるんです？
女主人　大事なもんさ。
質屋　開けますよ。
女主人　殺すよ。

と、つきが「アッ！」小さく叫んで顔を上げる。

つき　……半鐘！
ゆき　きこえないよ、空耳！
はな　鳴った。
つき　じゃあん、って、遠火事の一つ半鐘《ばん》。
ゆき　きこえた。
女主人　見えたッ！
ゆき　どっち。

質屋　あっちだ。

ゆき　空のはしっこに赤味がさして、

つき　ぼう……かすんだ、燃えた。

ゆき　呼吸《いき》してるみたい、明るくなったり、

つき　暗くなったり。

女主人　いい火事だ。

距離もほどほど、大きさも手頃。火加減もちょうどいい。

質屋　そんなもんですか。

女主人　火のあとは世間が賑やかしくなる。火事見物の男たちが火に呼び起こされた血の火照りをしずめようとやってくるからね。今夜は忙しくなるよ。商売だ、商売だ。

少女娼婦たちを追い立てる。と、顔を出す、お七。

花道を、火事に追われるようにしてやってきた土地係が、

土地係　四方八方火事かと思ったんですが、消えました。

お七　他人の火事に見とれると、自分の火事が見えなくなりますよ。

女主人　（少女娼婦たちに）何をボヤボヤしてるんだいッ。火事が消えると客がくる。さっさと布団を敷きな。

質屋　このつづらは、どうするんです？
女主人　それは私の大事なもんだ。
　手を触れないどくれ。
質屋　二束三文のガラクタに、十把ひとからげのゴミばかりじゃ、算盤ははじけませんよ。（帰ろうとする）
お七　質屋のおじさん。
質屋　なんだね？
お七　私、何かを預けませんでしたか？
質屋　預かったかも知れんよ。
　ものは何だね？　ものは？
お七　それは……、
質屋　それは？
お七　わかりません……。
質屋　返せません。
お七　でも確かに、預けたんです。
女主人　だから、何を預けたんだい？
お七　……
質屋　形は？　色は？　大きさは？

お七　（首を振る）
質屋　わからないものは質から出せないよ。
　思い出したら、店に来てくれ。まだ一ト月ある。

帰ってゆく、質屋。
向かい合う、お七と土地係。
その前には絵看板をかけるための格子状の骨組みがある。

土地係　いつ預けたんです？
お七　月夜でした。
土地係　明るかったんですね。
お七　まるで、真昼。
　虫の這うのが見えそうで、何だか水の底を渡るようで、夢に宙でも歩くようで。
土地係　月を背負って質屋に向かって歩いて行ったんですね。
お七　一本道でした。
土地係　傘を持っていませんでしたか？
　絵日傘をさしていたんじゃないんですか？
お七　花びらがうるさくって。

土地係　さくら、でした。
お七　ええ、さくら。

と、女主人が「時間だよ」絵看板を一枚かける。

お七　誰？
土地係　あなたの影法師。
お七　二人連れ、ですね。
土地係　どこへ行くんです？
お七　質屋。
土地係　何しに？
お七　預けに。
土地係　何を？
お七　松の木の芽が、空に向かって、くっきりとのびています。花札の絵のよう。
土地係　心がざわざわとします。あれは、
お七　あれは私の、欲。金の欲物欲性欲。

女主人が現れ、「時間だよ」絵看板をかける。

土地係　なぜ立ちどまるんです？
お七　つつじ、山つつじが咲いています。
土地係　あれは火事ですよ。
お七　さくらの花がゆれませんでした？
土地係　火事ですよ、あれも。
お七　桃の花の一群れが乱れて見えるのも、
土地係　火事です。
　あそこにも火事、あそこにも火事。

ゆっくりと、暗くなってゆく。と、あらわれた少女娼婦たちが、床板をめくる。するとそこにはそれぞれの火事がある。パチパチと、火のはぜる音。

ゆき　私の火事。
つき　私の火事。
はな　私の火事。
土地係　思い出すんだ、お七さん。
　あんたは、火をつけた。マッチを擦った。

火事だーッ！

叫ぶと、絵看板の一つ残った格子窓から赤い光が流れ出し、煙が噴く。空間は急激に火事の色に染め上げられてゆく。

土地係　今夜だ。火をつけた。ははは、火を点けた。真夜中一時の、俺の火事だ。
火をつけて路地に出て、炎の中で手を引いて、あんたをつれて逃げ出した。
お七さん、お七さん、見てみろよ。あんたのための大火事だ。
あの町この町　火がもえる。
今来たこの道　帰りゃせぬ。お七さん！

が、その時お七はいない。と、娼家の屋根の上で、

お七　あたしがつけたんです。火をつけたんです。母の黒髪、父の骨。燃えて火になれ、灰になれ。水で消せない火がどうして人に消せますか？　火だ、火事だ、大火、大火事、一面火の海、影まで燃えて火祭だ。
恋い慕い、狂いあこがれ、あたしが燃える、あんたが焼ける。吉三さん、吉さん、見て下さい。
あんたとあたしの情けが燃える。吉三さん。

猛火の中に互いを探す、お七と土地係。

土地係　はぐれるために、
お七　つけたんじゃない。失うために、
土地係　つけたんじゃない。
お七　恋しい人の、
土地係　血の一滴。いとしい人の、
お七　黒い髪。
土地係　欲しくてつけた。
お七　欲しくてつけた。
土地係　つけてもやした。
お七　東京焼いた。吉三さん。
土地係　お七さん。
お七　どこだい？
土地係　どこだい？
お七　どこだい？
土地係　どこだい？

お七　吉さぁん！
土地係　お七ーッ！

闇。一瞬の静寂。そして明かりがつくと、お七が土地係を見送っている。

土地係　探してはいないんですか？
お七　火事の中ではぐれた人を？
土地係　ええ。
お七　探しているんですか？
土地係　その人はね、白い足をしていました。それは、冷たいけれど、じっと抱いて天井を見ていると、雪洞のように灯がついて、くぐもった熱を一面に放ってくるんです。
お七　布団の中が火事になるまでの、
土地係　その時間が好きでした。おやすみなさい。また来ます。今度は、
お七　娼婦相手にいつ今度があるんです？さようなら。

溶暗してゆく中に、お七の姿だけが、残る。

お七　子供の頃の東京、空襲の東京、焼け跡の東京と今の東京。（指を折って数える）四つの顔の東京があって、でも、顔が顔と眺められるのは、今日の顔だけで、あとの東京は、あたしの肉の中を地ひびき立てて通りすぎて行った。あたしが体で漉してきたんだ。そうしてそう、漉されてのこったもんが、未だに体のいたる所で茸のように生えている。……その、茸の、糸が、のびてひろがってゆく音がする。毛穴から噴き出すようにして、それがあんたに、からみつきたがっている、吉三、さん……吉、さん……。

お七の明かりをそのまま、花道に明かりがつくと、お七、歩きはじめる。

間奏曲―4

花道には一本の電信柱が立ち、裸電球が呆んやりと灯っている。電信柱にかけられた柱時計が十二時を告げる。
米屋と少女娼婦ゆきが花道を行ったり来たりしている。

米屋 行きどまりだ。
ゆき この道も?
米屋 ああ。そこには倉庫ができている。
ゆき それじゃ、こう行きます。(と二、三歩あるく)
米屋 袋小路という奴だ。
ゆき それじゃ、この道は?
米屋 突き当たりに交番がある。(ゆきが歩き出すのを通せんぼするように)どこへ行くんだ? そっちは川だ。(ゆき、方向を変える)
ゆき こう行きます。
米屋 そっちはお墓です。
ゆき (立ち止まる)
米屋 つまりは、今のこの町内が俺たちってわけだ。昔は、あっちにもこっちにも抜け裏があって路地があった。町内会は、いつだって、どっか薄暗くて、思いもよらぬところに小屋があって、そんな小屋には町内会の共通の内緒ごとのような爺さんと婆さんが住んでいたものだ。隣町の奴等には知られないようにして、一組の爺さんと婆さんを飼っていたのさ。ところが、

ゆき　ところが？

米屋　十年前の、あの火事がきれいさっぱり焼き払っちまった。風通しがよくなったのはいいが、俺にはひどく住みにくくなったって訳だ。

ゆき　だから、逃げるんですね？

米屋　まあ、な。

ゆき　わたし、いつも火事を待ってました。山の中だったから、町までの道が遠くって、だからわたし、火が木を焼いてくれるの、見晴らしよくしてくれるの、ずいぶん長いこと待っていたんです。

米屋　で、起きたのか、その火事。

ゆき　（首を振る）

風呂のね、風呂の竈ばかりが、私の火事。冬のさなかに水仙が咲くんです。吹雪がたたきつける暗あい山肌に、水仙が咲いて風呂にその花、浮かべるんです。あちこちに闇のたまった長い廊下を歩いて男が風呂に入りにくるから、わたし、火の番。竈の中で火は、やっぱり息、してました。

米屋　おまえの男か？

ゆき　母さんの、男。

と、つづらを背負った女主人が「嘘ばっかり」と声をかける。

女主人　作り話は布団の中でしておくれ。

米屋　いいじゃねえか。誰でも一つくらいは、火事を持ってるもんさ。自分の火事をな。

女主人　帰るんだよッ！

ゆきをつれて帰ろうとする。米屋、「ごうつくばり」とつづらに手をかける。

女主人　およしッ！（振り払う。とつづらからこぼれる米、米、米）

ゆき　アッ！　お米！

女主人　（笑う）あたしには火事なんてない、子もなけりゃ親もない。ないないづくしのあほう鳥、あるのは米さ。女郎殺して溜めた米、あたしの暦の大つごもりに一升炊いて祝うんだ。ははは。また一年、長生きしたよ。

暗転。

6　ひとごろし

呆んやりした明かりの中に鋏屋と暦屋の女房がいる。暦屋の女房が幕を張るように紙をかざすと、鋏屋はそれをじょきじょきと切る。

鋏屋　　　　筒井筒です。
暦屋の女房　わかってます。昔々です。
鋏屋　　　　三人のガキが、
暦屋の女房　おりました。
鋏屋　　　　あんたは振り袖赤い帯。
暦屋の女房　あんたは鼻たれ餓鬼大将。
鋏屋　　　　あいつは明けくれ暦張り。
暦屋の女房　帰ってきますよ、噂をすると。
鋏屋　　　　逢引きしたのは、俺が先。
暦屋の女房　抜けがけしました、蛇の目傘。
鋏屋　　　　それがああなり、こうなって。
暦屋の女房　三人は大人に、
鋏屋　　　　なりました。

暦屋の女房　あたしは暦屋の女房になりました。
鋏屋　なりました。
暦屋の女房　ええ。
鋏屋　竹馬の友の三人が、
暦屋の女房　幼なじみの三人が。
鋏屋　泣いて笑って笑って泣いて、
暦屋の女房　どこへ行くやら帰るやら。
鋏屋　帰るやら。
暦屋の女房　そろそろ、
鋏屋　えっ？
暦屋の女房　帰りゃんせ、です。
行きはよいよい、
鋏屋　帰りはこわい。
暦屋の女房　こわいながらも、帰りゃんせ帰りゃんせ、帰るところが、あるんですから。

花道を帰ってきた暦屋が、家に入れず立ち聞きをしている。

暦屋の女房　雛の節句の前は風がつよくて、ひゅうひゅう、ひゅうひゅう。風の音が一度耳につくと、うるさくて心せいて、頭が乱れます。
鋏屋　ひゅうひゅうかね。
暦屋の女房　えっ？
鋏屋　ひゅうひゅうが、物置きでね、鳴ります。
暦屋の女房　物置きには、あるんでしょうね。
鋏屋　えっ？
暦屋の女房　……鋏……。
鋏屋　鋏屋ですから。
爪切り鋏　ラシャ切り鋏　花鋏　芝刈りばさみ　煙草切り鋏　理髪鋏。
暦屋の女房　鋏があるんでしょうね。
鋏屋　ええ。充分にとがっていて、刃の肉が厚い鋏もあれば、薄く鋭い鋏もあります。骨がブッブッと切れる程に重い鋏もあれば、糸しか切れない鋏もあります。

二人、黙る。
と、花道の暦屋の眼の前で、いきなり一本のマッチが擦られる。マッチ売りの少女が擦ったのだ。

マッチ売りの少女　火の用心。
暦屋　遅すぎたよ。

十年前に、火事はもう起きた。今から用心しても手おくれだ。

と暦屋の女房が、

暦屋の女房　あんた、十で（と呟く）

鋏屋　あんた、七つで、

暦屋　（花道で）俺は、十で。

暦屋の女房　十と七つで十年たって。

鋏屋　十年たって、火事でした。

暦屋　火事でした。

暗転。

その中で、マッチ売りの少女がマッチを擦る。

マッチ売りの少女　十年、前。

この町に、火事がありました。

と、その火に誘われ、あちこちでマッチが擦られ、学生服の男たちがあらわれる。空間は、十年前の

「町内会」に変わってゆく。

米屋　火に焼かれて執念が抜けて
質屋　ボロボロのただの骨
鋏屋　そうすりゃ見分けがつかなくなる
暦屋　町内会で火葬にすりゃ
米屋　あいつも墓がたてられる
質屋　風もかわいた戸も閉まった
鋏屋　夜にもなった　マッチ擦りゃ
暦屋　町内会長　丸焼けだ

流れこんでくる音楽。

暦屋　十年、前、この町で火事があって、
米屋　小学校が燃えた
質屋　灰の中から骨一本
鋏屋　やけずに残った懐中時計
暦屋　その持ち主は

米屋　町内会長

風が吹く。

米屋　誰がころした
暦屋　あの男
質屋　俺がころした
鋏屋　あの男

音楽が高まる中で、十年前の町内会長殺人事件を再現する男たち。
男たちの動作は、次第に物狂しくなってくる。
殺、殺、殺、と呟く声。

「満月めくら　ほととぎす
闇夜の晩に　火をつけた
町内会が　丸焼けだ」

音楽、次第に高まってゆく。

男たち、のたうちまわる。
暗転。
そして溶明すると、米屋、質屋、鋏屋の三人は学生服を脱ぐ。
暦屋が脱ごうとすると、

米屋　脱げますか？
暦屋　えっ？
質屋　十年前、この町に火事が起きて、
鋏屋　そのどさくさに、
米屋　そう、そのどさくさに、
質屋　町内会長が黒焼けになった。
暦屋　……殺したんだ……
米屋　そう、そんな噂もありました。
暦屋　噂じゃない。殺したんだ。
質屋　ほう、誰が？
鋏屋　誰が一体？
暦屋　誰がって……（言い淀む）
米屋　誰です？

暦屋　あんただよ。（米屋を見る）あんただよ。（質屋を見る）あんただよ。（鋏屋を見る）……俺だよ。半鐘が鳴らずにサイレンが鳴り、大八車に家財道具積んで空に花火が飛び交った十年前のあの火事のときに、筒井筒、机並べて火を点けたのは、竹馬の友の幼なじみの米屋に鋏屋、質屋に暦屋の、ガキだった。

米屋　米屋のガキに、

質屋　質屋のガキに、

鋏屋　鋏屋のガキでしたよ。

米屋　つまり、あんたは、いなかったんだ。いなかったんです。

質屋　どこにいたんです？

暦屋　……

鋏屋　どこです？

暦屋　……

質屋　まるでお祭りさわぎの幕間狂言。

米屋　十年前のひとごろしの夜、

鋏屋　あんたは、どこにいたんです？

暦屋　俺は、俺は（うずくまる）

その暦屋一人を残し、男たちは去る。

と、映写機の音、カラカラとまわりはじめる。

暦屋の背後に浮かびあがる、映画の看板。三人の昔女たちがあらわれると暦屋を遠まきに囲む。

暦屋　ぼくは客席の薄闇の底に、じっと身体を沈めたまま息をひそめて、それらを見ていたんだ。

昔女1　ジゴマ

昔女2　ファントマ

昔女3　ゲーリー・クーパー

昔女1　嵐寛は鞍馬天狗で

昔女2　阪妻は丹下左膳で

昔女3　切腹する勘平　討ち死にする十次郎

昔女1　切り穴の掛煙硝の煙の中から

昔女2　一巻喀えて眼をつむり

昔女3　印を結んで立ち上がる

昔女1　蒼ざめた仁木弾正

昔女2　眉間にくっきりと紅い三日月のような向こう疵は

昔女3　御存じ、旗本退屈男でした。

暦屋　ぼくは声をたてたり、しなかった。こそりとも動いたり、しなかった。そんなことをしたら最後、ぼくの眼の中の世間は、たちまちぼくを置き去りにして、どこかへ消えてしまう……と、そう思っていたんだ。
昔女1　まるで……ガラス細工のように脆くって、危なっかしくて、
昔女2　蜃気楼のように気まぐれで、豪華な世界、でした。
暦屋　そのくせ、俺の頭ん中に染みついたら最後、絶対に二度と消えない、世界だった……そんな世界があることを知ってから、ぼくは道草するようになったんだ。
だが、十年前のあの日、俺は映画館には、いなかった。じゃあ、どこにいたんだ。（と、ポケットをさがす）煙草……（ポケットから、何枚かの札をとり出し、じっと見つめる）
金野成吉家の、お嫁さんを下さい。
昔女1　はい。（渡そうとしてストップモーション）
暦屋　どうしてるかな。下駄屋の長女の、お医者さんごっこの……無知と無邪気が羞恥にかわる、その境い目のようなところで、ふいにぼくの人生から消えて行った……。民尾守家のお母さんを下さい。
昔女2　はい。（渡そうとしてストップモーション）
暦屋　白い障子のすぐ外に、すぐ外のすぐそこに闇のうずくまる気配があった。闇は家に、深さも与えてよこして、あの人はいつも家をこわがっていた。どうしてるかな……。
国尾護家のお妾さんを下さい。
昔女3　はい。（渡そうとしてストップモーション）
暦屋　おいで、と手招いて金平糖をくれて、金平糖がない日に雨で、雨宿りが雷で、蚊帳が枕で、晴

れたらいさぎよく笑った。

暦屋、女たちの間をぐるぐるとまわる。女たち、ゆっくりと揺れはじめる。それは暦屋を、過去のまた過去へと誘ってゆくようだ。

暦屋　十年、前、俺はどこにいた？女たちのところか？　いや、女たちは、みんなそれぞれの家の光りの下で誰かのものだった。十年、前、俺はどこにもいなかったような気がする。二十年前、どこにいたかは覚えているのに、十年前の居場所がわからん。二十年、二十年前は……

暗転。
そして暦屋は蠟燭に火をつけ、壁に蝶々の影を這わせる。

暦屋　蠟燭に火をつけて、しばらく待っていた。一分、二分、三分……、すると寄ってきた。蝶々だ。ほぅら、来た。思わず知らず、火の傍にくる。……そうだな、こいつらにゃ、火というもんがまるでわかっちゃいないんだ。じりッじりッと片方の羽が焼けて、それでも寄ってくるんだ。くるのはいいが、そいつは火だよ。気をつけろ、そいつは火だよ。

蠟燭が吹き消されると、花道に明かりがつく。

間奏曲―5

花道に明かりが点くと娼家の女主人、暦屋の女房、産婆の三人が並んでいる。

産婆　春三月　ひなまつりは　春
暦屋の女房　盃に　罪が浮きます　春
女主人　歌いますか　花は名なしの　春
産婆　花に名は　あります　桜
暦屋の女房　悔いますな　散ります　桜
女主人　暦断ち　しますよの　乱れます　桜
産婆　白酒　いかがです（注ぐ）
暦屋の女房　早すぎませんか（受ける）
女主人　真似ごとですよ（飲む）

三人、白酒を飲んでは吐息する。
しずかに吹く風。

産婆　生臭い……風　春の風　春風

暦屋の女房　春風がね　裾から入りますと
女主人　肌と着物の間で　ぬくめられて
産婆　乳と乳の間を通って
暦屋の女房　胸元から　立ちのぼるときは
女主人　少しばかり　汗の匂い
産婆　白酒　もう一杯いかが（注ぐ）
暦屋の女房　ほんの　ちょっとね（受ける）
女主人　ええ　ちょっと　だけ（飲む）
産婆　酔心地　とろりの白酒　飲みますとね
暦屋の女房　白酒の匂い　いかがわしくて
女主人　男の残り香に　よく似て
産婆　胃の腑が　もぞり　動きます
暦屋の女房　足の裏が　こそばゆいです
女主人　嘘ばっかり　ゆれるのは　あそこ
産婆　あそこ
暦屋の女房　あそこ
女主人　ええ　あそこ
産婆　どのくらい　嘘ついたかしら

暦屋の女房　山程　海程　嘘の数
女主人　重ねてきた　女暦の
三人　身の上話の　嘘の数

三人、顔を見合わせると笑う。

産婆　ええ、年寄った母さんと二人で、
暦屋の女房　裏長屋に苦しい所帯をしていたんです
女主人　その母さんが春からこっち
産婆　長い間わずらっていなすったのが
暦屋の女房　ゆうべ晩方とうとう死んで
女主人　そのお通夜をしていて、ランプを
産婆　ええ、ランプを持ち上げた拍子に
暦屋の女房　ひっちらけた新聞にもえついて
三人　アッ！
女主人　戸障子襖へ燃え移って
三人　アッ！
産婆　それを見ていましたらね　思ったんです　おとむらいの金もないのをあわれんで　仏様

が自分で火葬をして下さるんだろう

三人　おッ母さん！

暦屋の女房　ありがとうよ！

火の地獄の中に一人で立って涙、流しました

産婆　でも涙じゃ火事が消えません

女主人　ええ、火事　破れ畳に真っ赤なつつじ　そりゃあ見事な、大火事でした

三人　嘘ばっかり……（笑う）

産婆　白酒　いかが

暦屋の女房　いいえ　もう　おつもり

女主人　歌いますか？　ひとつ出たほいの

産婆　よさほいの　ほい

暦屋の女房　一人娘　でしたんです

女主人　それで　火事　それから　火事

産婆　壁も襖も　染め抜いて

暦屋の女房　燃えて　真っ赤な　花一輪

女主人　（突然児戯のように）火事はどこだい？

産婆　牛込だい

暦屋の女房　牛の金玉　丸焼けだい

女主人　牛込生まれで　十七で
産婆　もとの先まで　毛の生えた
暦屋の女房　トウモロコシを売る八百屋
女主人　もしもこの店焼いたなら
産婆　いとし恋しい　吉さんと
暦屋の女房　おヘソ合わせも　できようと
女主人　我が家の藁に　火をつけた
産婆　つけて真っ赤な　夢を見た
暦屋の女房　申し上げます　お巡りさん
女主人　わたしの生まれた　その年は
産婆　ヒノエ　ヒノトシ　ヒノエウマ
暦屋の女房　七月七日の　七夕で
産婆　それにちなんで　名はお七
女主人　年も数えて　十と七

暗転。

7 髪切虫

おぼろ闇の中で、マッチ売りの少女がマッチを擦る。

マッチ売りの少女 ほたる、ほたる、火事になれ。

マッチの炎をくるくるまわすと、それに誘われるようにして暦屋が現れる。

暦屋 鬼火が燃えた。それとも人の骨から出る燐の火……か。

マッチ売りの少女 誘い火です。

暦屋 迷い火だ。いや惑い火だ。

マッチ売りの少女 あたしは誘い火、あなたは迷い火。迷ってふらふら、惑ってよろよろ、ここは坂道一番地。

暦屋 足が重い。坂道ばかりを歩いてきたような気がする。それも、上り坂なのか下り坂なのか、わからぬ道だ。

マッチ売りの少女 行くか来るかで上りになったり下りになったり。行く人には上り坂、来る人には下り坂。

暦屋 昔の記憶に、そんな坂があったような……。

マッチ売りの少女　あったんです。

暦屋　坂を歩いていた筈が、気づくと一本の道で、その細い道が一体どのくらい曲がりくねれば気がすむのか、あっちによろけ、こっちによろけ

マッチ売りの少女　行き止まり！（マッチを擦る）ほら、行き止まりの突き当たり。

暦屋　道を通せんぼするように一軒の家があった。ここは、どこだ？　子供の頃の風景によく似ている。

マッチ売りの少女　ここはただの町内会。あそこに小学校。小学校に桜の木。

暦屋　一軒の家があって、見ると家の前に一人の娘がいた。見ると、その娘は、

マッチ売りの少女　こわれかかったマッチ箱に、一本のマッチの軸木をぶつけていました。こんなふうに……、

暦屋　そんなふうにしていた。そう、そんなことをしていた。何をしてるんだね？

マッチ売りの少女　怒っているんです、と答えませんでしたか？

暦屋　そう答えた。

　何をしてるんだね？

マッチ売りの少女　怒っているんです。

　とても激しく怒っていて、だからこうやって怒りをなだめているんです。

暦屋　そうだ。そんなふうに言った。俺は、しばらくの間、それを眺めつづけていた。すると……、

マッチ売りの少女の手の中のマッチ箱から一筋の煙がたちのぼる。

暦屋　……煙だ。

マッチ売りの少女　けむり。

そうして、こんなふうに、言いはしませんでしたか？「けむり、という名の少女がいました」

暦屋　違うッ！

そんなふうには言わなかった。何をしているんだ、ときいて、怒っているんですと答えて、それから煙で……そう、そうだ「とても怒っているのだけれど、そうでもなかったみたいです」と言ったんだ。そうじゃなかったかね。

マッチ売りの少女　できごとだったのは、あなたです。

暦屋　俺が訊いた。何をしているんだ？

マッチ売りの少女　怒っているんです。

とても激しく怒っていて、だからこうやって、その怒りをなだめているんです。

暦屋　……煙だ。

マッチ売りの少女　とても怒っていたような気がしたのだけれど、そうでもなかったみたいです。

暦屋　なぜ？

マッチ売りの少女　火が起きません。

暦屋　火が？

マッチ売りの少女　ええ。
暦屋　その火を、どうするんだ？
マッチ売りの少女　……
暦屋　消すのか
マッチ売りの少女　……
暦屋　どうやって消すんだ？
マッチ売りの少女　火の消し方は知りません。どうやってか、消えるんでしょう。
暦屋　私は、火のつけ方を知らなかった。
マッチ売りの少女　でも消し方は知っていました。知っていたから、つけ方を知らないことに、腹立ち山の一丁目。
暦屋　俺の家では、毎朝、親父が火を起こした。いや、俺の親父だけじゃない、町内会の父親たちは、毎朝、火をつけた。
マッチ売りの少女　どうやって？
暦屋　焚付けの柴の上に薪を真直ぐに立て、うまを組み、その間にひとにぎりの木屑を滑りこませ、
……
マッチ売りの少女　それから？
暦屋　火をつける。
マッチ売りの少女　どうやって？

暦屋　……
マッチ売りの少女　ねえ、どうやって？
暦屋　……わからん。親父は俺に背を向けていた。……多分、マッチを擦るんだろう。
マッチ売りの少女　ほーたる、ほたる、火事になれ。
暦屋　……親父は、見事に朝の火起こしをした。それから俺は目をさます。そんな段取りになっていたんだ。毎朝毎朝。
マッチ売りの少女　……でも。
暦屋　何だね？
マッチ売りの少女　ほんとは布団の中で薄目をあけて、盗みとろうとしていたんでしょう。親の留守にマッチを擦ったこと、あるんでしょう？
暦屋　ああ。
そして見つかって、すると親父は火がつく程俺の指を叩いた。
暦屋　俺が叫ぶと親父が言った。「これが、火傷だ」……。
マッチ売りの少女　痛ッ！
マッチ売りの少女　ねぇ、うしろを向いて。ほら、そこに火がある。
暦屋、うしろを向く。と、竈の中で火が燃えている。その前に一人の女が背を向けてしゃがんでいる。

暦屋　昔の火だ。
こんなところで燃えていたのか。
子供の俺は、親の目の届かないところで、親父のやることをやってみたくて、抜け裏の奥に迷いこみ、秘密のカマドを作ったんだ。
マッチ売りの少女　そして火をつけようとした。
暦屋　火をつけようとして、つけ方がわからず、……火つけを教えてくれた娘がいた。
マッチ売りの少女　もっと一生懸命怒らないと、火をおこせないよ。怒らないと、怒らないと。
暦屋　誰だッ？
おまえは、誰だ？
マッチ売りの少女　わたし、火の粉。

と、竈の前の女が立ち上がる。お七である。

お七　火の子恋の子情けの子。……でも、今は襖火の……女。吉三さん。なぜ逃げたんです？　子供あそびの手いたずらで、あんたは火つけの仕方を覚えた。ままごとの火を、所帯の竈の火に移そうとしたのは、あんただった。吉さん。十年前の朝早く。
暦屋　何時だ？
何時に？

お七　七時……七時に地獄の、釜の蓋があく。そしたら火を、四方八方焼くだけの火の手をあげます。堕ちてくれますか？

暦屋、背を向けると歩き出す。

お七　あなた、うなずきました。地獄の雛段の男雛と女雛、ねえ見えるようじゃありませんかと、私、火をつけました。

暦屋、立ちどまる。

お七　なぜ、逃げたんです？　逃げて十年生きのびて、それからこっち、どうしていたんです？

暦屋　他人さま、だ。暦を作っていた。暦にならずに暦を作っていた。（堰が切れたように）大安吉日三隣亡、赤口、先勝、仏滅先負、友引は何事も相引となって、勝ち目なしの日、この日に葬式すると死が誘われるので、これを忌む。家を出ようとすると玄関は暦で封印されていた。窓には家の暦が首くくりのようにぶら下がり、運動靴は暦でふさがれ、竈の火は消えていた。マッチをさがそうと押入れを開けると、暦だ。暦の山だ。マッチはどこにもなかった。家の暦を焼くためのマッチは一本もなかった。一本も、なかった。

お七　（嘲けるように）あんたは、暦屋で、町内会で、……そうだったんですね。
暦屋　生まれたときからだ。
お七　ええ、生まれたときから。
私が生まれたのは、どこかでした。私、どこかから、ここへ、来たんです。
暦屋　一本の、抜け裏を通せんぼする家に、来た。
お七　家に住んで、あんたに会って、十六歳の夕暮れのとき、庭の隅に、自転車が二台、置いてありました。夜ふけになっても、自転車はいました。
暦屋　次の日、二台の自転車は消えて、だが、あんたが用足しから帰ってくると、四台にふえていた。「自転車、こわいです」と、あんたは言った、お七さん。
お七　それが、はじまりでした。自転車は少しずつ少しずつ、ふえてゆきました。駅から見える抜け裏の窪地。そこをめがけて、自転車の銀色の群れが、やってくる、やってくる。
暦屋　「自転車、にくいです」と、あんたは言った、お七さん。
お七　ある朝、引き戸をあけると、銀色の波は、あたしの胸の高さまで押しよせていました。外に出ることができません。庭は、ずっと向こうまで銀色。自転車、にくいです。
暦屋　町内会の、自転車だ。
お七　この家、好きなん、です。
暦屋　今でも、か？
お七　今だって、帰りたい、です。今でも、恋しく思います。自転車、焼いてしまいたかった、……

です。
暦屋　焼けば、いい。
お七　ええ？
暦屋　焼けば、いい。
お七　……ええ、と頷いてわたし、いいんですかとききました。いい、とあなた、頷きました。わたし……火をつけました。
暦屋　火の手が上がった。
お七　吉三さん。
暦屋　吉三という男は、暦を作る男だったのか？
お七　暦をにくんでいる人でした。
暦屋　俺は、暦屋だよ。
お七　十年前の抜け裏の、破れかけた塀に、うすぼんやり相々傘の落書き、お七吉三郎あれは……、
暦屋　焼けた。
お七　煙の渦に炎がからんで、くるくると、舞って、
暦屋　消えた。
お七　……畜生……（呟く）
十年の間に、何千何百、山蟻のくっついた体になって、火事のやり直しは、ききませんか、吉三

さん。（笑う）他人でしたね。吉三さんじゃなかったんですね。

暦屋　十年の間、俺の作った暦は出来事の数より、多かった。

お七　くやしい……今の自分がくやしいんです。あんたが吉三さんでないんなら。

暦屋　吉三ならどうする？

お七　火をつけて、あんたを焼きましょうか？　暦まとめて束にして、その火であんたを焼きましょうか？

暦屋　吉三でなければ、どうする？

お七　火をつけて、あたしを焼きましょうか？　あたしを焼いて灰にして、その灰で、灰で暦を作ってください。女暦を、作って下さい、吉さん……。

暗転。

8　ひなまつり

平手打ちの明かりがつくと地獄の雛段のように登場人物が並んでいる。中央の高みに女主人、その線上の舞台前にお七。二人の左右には階段状に産婆、暦屋の女房、少女娼婦のゆき、つき、はながいる。花道にマッチ売りの少女。町内会の男たち暦屋、米屋、質屋、鋏屋と土地係が女たちの間にうずくまる。お七とマッチ売りの少女を除く全員が狐の面をかぶっている。

風が吹く。それに誘われたように、

お七　男がいた……十年前、火の中ではぐれた男。あたしの起こした火事から逃げた男、暦屋。（不意に激しく）吉さんじゃないッ！

女主人　どこへ行ってたんだい？

お七　逢引にね。

女主人　それで、会えたのかい？

お七　ええ。

女主人　どんな話をしたんだい？

お七　昔話をね。

女主人　火事の話かい？

お七　……
女主人　火つけの相談かい？
お七　……
女主人　それどころか、昔の火のことさえ、覚えちゃいなかったろう。
お七　あの人は、吉さんじゃなかった。それだけのこと。
女主人　吉三だったのさ。間違いなく吉三で、十年生きて、変わったのさ。
お七　……
女主人　おまえと同じようにね。
お七　わたしと同じ？
女主人　ああ、同じ。
　好きを好んで火をつけて、火のおさまったあとは嘘ついて生きのびた。それがおまえ、鳩の町の、
女たち　お七！

暗転。
風にまじって流れこんでくる「般若心経」。
その中で狐の面の男たち、マッチを擦る。

米屋　天和《てんな》元年　神無月　旱《ひでり》つづきのその年は、

質屋　雨が降らずに　星が降る
鋏屋　二十八日昼餉ごろ　火元は丸山妙本寺
暦屋　紅蓮の魔風は荒れに荒れ　紅い炎に包まれて
土地係　阿鼻叫喚の　修羅地獄
米屋　落ちる血の池火の奈落　ここは駒込吉祥寺

女主人とお七に明かりがつく。

女主人　お七。
お七　はい。

二人の明かりが消えるとマッチ。

米屋　はいと答えた　その声の　谷の戸出づる鶯か
質屋　いま時ならぬ　春を呼び
鋏屋　袂が揺れる　花模様
暦屋　恋も情けも　まだ知らぬ
土地係　お七いとしや十七の　風もおそれぬ　あでやかさ

女主人とお七に明かりがつく。

女主人　そこで会ったのが、

お七　吉さんでした。

二人の明かりが消えるとマッチ。

米屋　起きてはうつつ寝ては夢　忘れられない吉さんに

質屋　会いたい見たい　抱かれたい

鋏屋　飛んでゆきたい　吉祥寺

暦屋　親を恨んじゃ　済まないが

土地係　家という名の　籠の鳥

女主人とお七に明かりがつく。

女主人　火事が納まりゃ、もう会えなくてでも会いたくて、

お七　それには家が邪魔でした。親が世間が邪魔でした。

女主人　で、つけた。
お七　ええ、つけました。

二人の明かりが消えるとマッチ。

米屋　これが一期の花嫁衣裳
質屋　下着は乙女の紅の色
鋏屋　上はけがれを知らぬ白
暦屋　晴れの衣裳を身につけて
土地係　立てばきこえる風の音

女主人とお七に明かりがつく。

女主人　一目なりともお会いがしたい。
お七　ええ、会いたい。
女主人　もう一度、家が燃えたら、
お七　きっと吉さんに会える。
そうだ、吉祥寺へゆける。

二人の明かりが消えるとマッチ。

米屋　十七娘が一筋の　恋に狂うたおそろしさ
質屋　うつろまなこに　立ち上がり
鋏屋　行灯の火を傍の
暦屋　障子にうつせばめらめらと
土地係　悪鬼が笑う紅蓮の火　たちまち炎の海となる
米屋　猛火の中に狂うかと　思えばお七は泣きじゃくり
質屋　すでに狂うた眼の中に
鋏屋　見ゆるは吉三の笑い顔
暦屋　因果の恋に身を焼いて
土地係　あわれお七は立ち尽くす
男たち　紅蓮の中に立ち尽くす

マッチが消され溶明すると、男たちは姿を消している。

女主人　火事は終わったよ、お七。

それから、おまえはつかまえられて、

暦屋の女房　年は幾つだい？

お七　……

産婆　十六歳ならまだ子供。

暦屋の女房　火つけの罪には問われないよ。

産婆　十七歳ならもう大人。

暦屋の女房　罪を背負って火あぶりだよ。

女主人　年は幾つだい？　お七ッ！

宙を見るお七。その背後で、

ゆき　十六です。

つき　十七です。

はな　十六です。

ゆき　十七。

つき　十六。

はな　十七。

ゆき　十六。

つき　十七。
はな　十六。

十七と答える声、十六と答える声が不吉なヴォーカリーズのように高まり、入り乱れ、空間を埋め尽くすと不意にやむ。一瞬の静寂。

お七　十六、です。
女主人　嘘だったねえ。
おまえは、十七だった。嘘ついて生きのびて、それは何のためだったんだい、お七？
お七　もう一度、会って殺したくて。
もう一度、殺しかえして火の中で思いを遂げたくて。
暦屋の女房　それだけの甲斐のない男相手にかい？
お七　どこかにいるんです、あたしの吉さんが。十日一夜たてば、八億四千の想いがとりついて、その思いにこづきまわされ、半殺しの蛇のよう。だったら蛇の成仏がしたい。
産婆　いない男をさがしたって、無駄さ。
お七　います。
女主人　だったらさがしてごらん。
七月七日の七夕に、生まれたおまえの名はお七。七ずくしのちょうちん下げて、さがしてごらんよ。

ゆっくり暗くなってゆく。少女娼婦たち、「七草七日七七日」と囁き交わす。

ゆき　七草七日七七日
つき　七の杜の七墓参り
はな　北斗の空に七つ星
ゆき　まわりまわって七曲がり
つき　七重桜の七変化
ゆき　七生転じて七赤に
つき　生まれた娘の名はお七
ゆき　お七かなしや物狂い
はな　七つ下《さが》りの雨の中
つき　消えた男をさがしゆく

少女娼婦たちの声に誘われるようにして現れてくる、学生服に黒い眼かくしの男たち。

お七　吉三さん。

土地係　ぼくのお七はね、お七さん。死んだんです。（狂笑）ぼくはそれを知っていた。何故って、ぼくが、この手で首を締めたんだ。コケーッ、コケッ、コケッ、コッコッコッ、女なんて一人もいやしませんでした。ぼくが焼いたのは、血まみれの鶏。
お七　吉三さん。
質屋　母の夢でした。ふるさとは捨ててみないとわからないものです。わが母が花噛み砕きたるあとの首なしの茎さびしきカンナ。また手紙します、母さん。
お七　吉三さん。
鋏屋　鋏の刃を見ていると冷たくてね、いい気分なんですよ、お七さん。それは女の肌に似ていて女より、淫らだ。さわると熱く、あったかくなってくるんです。
お七　吉三さん。
暦屋　葬式にゃ、悪い日ですよ。友引に葬式すると、死が誘われる、と言いましてね、自転車屋の葬式は、女房が行きます。私は忙しいんでね。
お七　吉三さん。
米屋　火をつけな。
お七　えっ！
米屋　火をつけなよ。十年前にかくしたマッチでつけな、火をさ、火をつけるんだよ。山でも野でも何でも構わねえ、つけて焼きな。火の手はのろしだ。きっとくるぜ、男がよ。さあ、つけな。

ゆっくりと立ち上がる、お七。男たち、去る。

お七　一本道がある。質屋が見える。十年、前。あたしは質屋にマッチをあずけた。あたしと吉さんが、火をつけるための一本のマッチだけをのこして、あとのマッチは全部あずけた。そうすりゃマッチは質屋の蔵。だれも火事をおこせない。そう思って、あずけたんだ。そう、あのマッチ、蔵から出そうか？

ゆき　お七ねえさん、そろそろ祭。

お七　そうだね、今日は、ひなまつり。あかつきの空に三日月がかかって、茂みかさなる林の中は、まだ暗いが……

つき　ながれる闇にまぎれて、さあ、お七ねえさん。

お七　行こうか。叩いても鳴らぬ金仏石仏、放っておこう。それとも指で撫でてやるかい？

ゆき　放っとこうよ、ねえさん。

産婆　つけるのかい、お七？

お七　ええ。

暦屋の女房　おすそわけしとくれよ、お七？　火事をさ、火の粉をさ。

女主人　女郎屋を焼いて、あったまろうか。今日は女暦のぼんぼりだ。

はな　火をつけて。

お七　吉三のためにつける火じゃない。あたしがあったまりたくてつける火だ。十年生きて深く疲れ、強く酔い。疲れと酔いをつもらせつもらせ、それが火になる。火事は地獄の道しるべ。それが地獄へ行く道と、知って咲かせるどん底の、闇の深さの夢の夢。

どっと流れ込んでくる音楽。空間は白い火の花で埋めつくされる。その中で、火の粉になって踊り狂う女たち。音楽が高まり、終わると一瞬の闇。閃光がまたたくと梯子の上にはお七がいる。雷が鳴る。

お七　十年前につけた火は、男と一緒に死ぬためだった。十年あとの今の火は、寒いあたしの氷の火。寒い娼婦の火祭だ。

叫ぶと半鐘を打つ。雷鳴が闇を裂く。氷火が咲く。梯子を駆け降りてくるお七。倒れている女たちの中に、すっくり立つ。

お七　あたしの火事にさわると死ぬよ。それでもよけりゃ、よっといで。ははは来た、来た。あたしを抱くと火事が見えます。布団の中が火事になります。燃えろ燃えろ、吉三さんは、もういない。火事だ花火だお祭だ。雷鳴って火の花散って、きれいだよ。きれいだよ。やけろ、暦屋、やけろ、吉さん。赤いべべ着て人形抱いて、あたしは一人で火をつける。火あそびしたけりゃ、よっといで。ひいふうみいよう、よってきた。死ににゆく人三人四人、五人六人七人八人。ははは、吉さんだ吉さんだ。くる人は、みんな吉さん。きのうの男も、あしたの男も、吉三さんだ、吉さんだ。夜毎の火事に身を焼いて、あたしは、鳩の町の、お七……。

エピローグ

女たちの中に立ち尽くす、お七。その背後から、ゆっくりとさしこんでくる明かり。光を背負って、立ち上がる女たち。どこからともなく童謡が流れこんでくる。あどけない女の子の声で、

この子泣いたら　俵につめて
土佐の清水へ　おくります
土佐の清水は　海より深い
底は油で煮え殺す
母さん　顔なし　呼子鳥
お乳足りない　寝足りない

唄うと、女たち、光の中に吸いこまれてゆく。
溶暗。と、その中に火の花が咲く。マッチ売りの少女がマッチを擦ったのだ。

マッチ売りの少女　十年、前。三月三日のひなまつりの夜、町内会が火事で焼けました。火元の娼家のあとは、今も焼け野原。何も建っては、いません。

マッチを吹き消すと大暗黒。物語は終わり、エンディング・テーマの音楽だけが流れつづける。

上演記録

「捨子物語」（初演）
〈時〉1978年7月8日、9日
〈所〉ライヒ館モレノ
演出・樋口隆之／舞台監督・横田修一／音楽・由本香樹美、渡辺等／音響・島田充／美術・若槻奈美江／照明・原田真／衣裳・中原ルッ／CA・佐舞さかゑ／制作・遠野あけみ
〈出演〉宗方駿／水瀬杏／小松杏里／グループ観／他

「捨子物語」（再演）
〈時〉1978年12月8日、9日
〈所〉太陽神館
演出・樋口隆之／舞台監督・横田修一／美術・若槻奈美江／音響・島田充／照明・原田真／衣裳・島こつ江／CA・佐舞さかゑ／制作・遠野あけみ
〈出演〉宗方駿／水瀬杏／飯島毅／梶原郁象／友貞京子／重政良恵／雛涼子／青木浩一／グループ観／他

「捨子物語」（三演）
〈時〉1979年4月3日〜5日
〈所〉渋谷パルコ裏特設テント

演出・樋口隆之／装置・和田喜夫／舞台監督・横田修一／制作・東野雅昭
〈出演〉宗方駿／水瀬杏／友貞京子／佐々木美奈子／飯島毅／梶原郁象／雛涼子／佐舞さかゑ／他

「火學お七」（初演時は「恋唄くづし　火学お七」と言うタイトルでの興行でした。）
〈時〉1982年5月22日、23日
〈所〉アトリエフォンテーヌ
演出・岸田理生／舞台監督・飯田晶子／装置・和田喜夫／照明・武藤聡／音響・SOS／衣裳・長縄久美子／制作・忍田純子、宗方駿
〈出演〉友貞京子／雛涼子／井上雅之／西岡幸男／西岡葵／八重樫聖／昭和精吾／他

「火學お七」（再演）
〈時〉1983年3月9日〜13日
〈所〉ザ・スズナリ
演出・和田喜夫、岸田理生／舞台監督・中池眞吉／照明・武藤聡／音響・竹内貴志／美術・高野アズサ／衣装・山城友輝／CA・北岡学／制作・宗方駿
〈出演〉宗方駿／岡村龍吾／池田火斗志／市村吉彦／富田三千代／友貞京子／米沢美和子／雛涼子／沙羅葵／石田幸／八重樫聖／梶塚秀子／他

「捨子物語」の頃、「火學お七」の頃——解説にかえて——

岸田理生が演劇実験室「天井桟敷」で寺山修司の片腕的に脚本執筆作業をこなしながら、同時並行で彼女自身のオリジナルな作品を書き始めたのは一九七七年のことでした。初めは早稲田大学演劇研究会に「夢に見られた男」と「墜ちる男」の二作品を書きました。次にその時の主要メンバーが新しく「哥以劇場」という名前の劇団を旗揚げし、その座付き作者として「洪水伝説」と「解体新書」という二作品を書きました。この新劇団は当初、作家、演出家、舞台監督の三人と、役者五人で始めたのですが、旗揚げ公演が終わるとその内の二人の役者が抜けて、もう一人の役者は怪我で次回公演に出演できないという波乱の船出でした。その第三回目の公演として書かれたのが「捨子物語」で、初演時は劇団員わずか五人（うち役者二人）という惨憺たる台所事情の中での公演でした。幸い劇団蟷螂の小松杏里氏と天井桟敷の水岡彰宏氏らの協力を得、なんとか形になったのですが、それでも男優は戯曲の中の何役もこなさなくてはなりませんでした。しかし、作品自体は岸田理生が最も書きたかった世界だったために、その後二回続けて再演、再々演と上演を重ねたのでした。この再演を繰り返す中で公演場所も大きくなり、公演に集まる人間も増え、劇団員も増えていったのですから、この劇団はまさにこの作品とともに成長して行ったといっても過言ではありません。

その後、次第に大きくなって、自分たちのアトリエまで借りられるようになった劇団ですが、結局わずか四年という短い期間しか続けることはできませんでした。早稲田時代から一緒にやってきた演出家との間に決定的に亀裂が入ったのです。劇団解散という事態を受けて、私たちは新しく「岸田理生事務所」なる集団をつくり、とりあえず纏まることにしました。その第一回目の公演として書かれたのが初演時の「恋唄くづし　火学お七」です。慣れない演出作業を行い、徹夜明けの初日を無事乗り切ったとき、ザ・スズナリの支配人だった酒井さんが、明くる年のフェスティバルへの参加のお誘いをしてくれました。夏にはジアンジアンの「寺山修司作品連続上演」に参加することも決まっていました。劇団としては脆弱なのに企画ばかりが先行して決まってしまう。そんな思いから、すでにこの公演時に装置をお願いしていて、その後長く共同作業をすることになる「楽天団」の和田喜夫さんに相談して見ると、では「楽天団」の劇団員もろともに全面協力しようと言ってくれました。

そんなわけで、ザ・スズナリでの再演の「火學お七」は演出・和田喜夫、岸田理生となりました。そして、その年も夏に再び「寺山修司作品連続上演」に「青森県のせむし男」で参加することが決まっていたのですが、その直前に寺山さんが亡くなり、期せずして追悼公演となってしまったのでした。幸いこの公演が大好評で、沖縄公演、大阪公演と旅公演までずることになり、そうした関係の深まりが二つの劇団を一つにするという結果になったようです。つまり、この「火學お七」と「青森県のせむし男」によって新劇団「岸田事務所＋楽天団」が出来上がったと言ってもいいでしょう。

岸田理生の作品の中で、このように再演する作品はあまり多くありません。しかし、この「捨子物語」と「火學お七」は初期の作品としては珍しく再演を重ね、そうして、同じ作品ながら台本としても上演形態としても進化することによって、劇団という幻のような共同幻想装置を、少しずつ強固なものにして行ったと言えるのかもしれません。

理生さんを偲ぶ会代表　宗方駿

捨子物語　岸田理生戯曲集 I

2004年6月25日　第1刷発行

定　価　本体1800円＋税
著　者　岸田理生
発行者　宮永捷
発行所　有限会社而立書房
東京都千代田区猿楽町2丁目4番2号
振替 00190－7－174567／電話 03（3291）5589
FAX 03（3292）8782
印　刷　有限会社科学図書
製　本　有限会社岩佐製本

ISBN 4－88059－316－8　C0074

岸田理生演劇エッセイ集

幻想遊戯

1987.7.25刊
四六判上製
288頁
定価1900円
ISBN4-88059-108-4 C0074

寺山修司の薫陶を受けた岸田理生の待望の第1エッセイ集。寺山・演劇・自己・他者、そして幻想世界……。岸田理生のフィールドワークがこの一冊に凝縮されている。他に、鈴木忠志・山口昌男との対談を収録。

流山児祥

流山児が征く 〈演劇篇〉

1983.6.25刊
四六判上製
352頁
定価2000円
ISBN4-88059-066-5 C0074

過激な男流山児の、演劇論。初期から現在までの全論考から厳選。痛罵・テロール・かいぎゃくの必殺パンチ。まさにサディスティック・シアター。

流山児祥

流山児が征く〈歌謡曲篇〉歌謡曲だよ人生は

1983.10.25刊
四六判上製
256頁
定価1400円
ISBN4-88059-068-1 C0074

松本伊代ちゃんはじめ、明菜もみゆきもひろ子も、バッサバッサ。向かうところ敵なしの流山児が、パロッてしまう通快歌謡曲は人生だよ。

流山児祥

流山児が征く〈プロレス篇〉燃えよ闘魂《プロレス》

1984.3.25刊
四六判上製
256頁
定価1500円
ISBN4-88059-074-6 C0074

〈演劇篇〉で痛快な演劇批判を展開した流山児の熱い想いがたぎり立つ、歌と格闘技によせる讃歌。演劇外道の流山児が過激フィーバー。

高取英

聖ミカエラ学園漂流記〈小説〉

1986.7.30刊
四六判上製
176頁
定価1000円
ISBN4-88059-095-9 C0093

時空を駆け抜けて、独自の演劇世界を構築する新鋭・高取英の傑作戯曲の小説化。

高取英戯曲集

聖《セント》ミカエラ学園漂流記

1986.12.30刊
A 5 判上製
180頁口絵 4 頁
定価1900円
ISBN4-88059-101-7 C0074

収録戯曲「月蝕歌劇団」「聖ミカエラ学園漂流記」「帝国月光写真館」「白夜月蝕の少女航海記」などを収める。

程島武夫

傾く自画像

1984.11.25刊
四六判上製函入
128頁口絵1頁
定価2000円
ISBN4-88059-081-9 C0074

戦前では、村山知義とともに左翼演劇運動に邁進し、敗戦後は日本共産党の文化部で活躍するが、50年離党。演出家として活躍する。絶版。

小苅米晛劇評集

1987.8.9刊
四六判上製
256頁口絵4頁
定価2200円
ISBN4-88059-109-2 C0074

鏡像としての現実

神話学、文化人類学、民俗学、比較演劇学への該博な知識をもつ著者の早逝は多くの人に惜しまれた。1970年から80年にかけて、演劇界は大きな波の中にあったとき、彼の劇評は、その知識と誠実さで多大な評価を得ていた。

西村博子

1989.10.31刊
四六判上製
352頁
定価2500円
ISBN4-88059-130-0 C1074

実存への旅立ち

演劇界の沈滞は目を覆わんばかりのものがある状況で、演劇を、戯曲を己のが表現の道として生涯を閉じた三好十郎の再評価は緊急の要請である。そうした時代の要請に答えた、本格的三好十郎論である。

倉林誠一郎

1993.9.25刊
四六判上製
296頁
定価3000円
ISBN4-88059-180-7 C0074

演劇制作者

戦後から現在まで、一貫して演劇制作者としての道を歩んできた著者の、現代日本演劇への痛烈な思いを込めたエッセー集。演劇制作者の生活実態など、日本演劇の脆弱な基盤についての率直な批判と提言が収められる。

濱名樹義

2001.7.25刊
A4変型判／上製
84頁
定価2000円
ISBN4-88059-278-1 C0074

舞台美術家濱名樹義の仕事

昨年56歳で急逝した舞台美術家、濱名樹義氏が考案した数々の仕掛け。その一つひとつへ、分かりやすい自身の言葉と絵で説明したのが本書。
ふだん聞けない舞台の裏話を交え、現場の生の声が聞こえてきます。

東由多加

2002.4.20刊
四六判上製
224頁
定価1800円
ISBN4-88059-288-9 C0074

東由多加が遺した言葉

50歳になるかならぬに、「東京キッドブラザース」の東由多加は逝ってしまった。その通夜の席は激しい雷を伴なった雨が降っていた。人との連帯を求めながら、哀しいほど懸命に生きた演劇人の最後の夜だった。

井出情児・撮影／串田和美・監修

1984.10.25刊
A５判上製
148頁
定価2000円
ISBN4-88059-080-0 C0074

貴方とならば　上海バンスキング上演写真集

名作・上海バンスキングの初演から４演までを撮りつづけた井出情児の白熱の写真集。日出子が歌い、オリジナルバンドが奏でる夢の舞台の再現だ。

永井　愛

1996.12.25刊
四六判上製
176頁
定価1500円

時の物置　戦後生活史劇3部作

ISBN4-88059-219-6 C0074

二兎社を主宰しながら、地道に演劇活動を続けている永井愛は、自己のアイデンティティを求めて、戦後史に意欲的に取り組むことにした。これはその第1作。

永井　愛

1997.2.25刊
四六判上製
160頁
定価1500円

パパのデモクラシー　戦後生活史劇3部作

ISBN4-88059-226-9 C0074

前作「時の物置」は昭和30年代、日本に物質文明が洪水のように流れ込もうとした時代を切り取ってみせたが、この作では、敗戦直後の都市生活者の生態をとりあげる。文化庁芸術祭大賞受賞。

永井　愛

1997.3.25刊
四六判上製
160頁
定価1500円

僕の東京日記　戦後生活史劇3部作

ISBN4-88059-227-7 C0074

「パパのデモクラシー」では敗戦直後、「時の物置」では1961年を舞台にしたが、この作では1971年、70年安保の挫折から個に分裂していく人たちの生活が描かれている。第31回紀伊国屋演劇賞受賞作。

永井　愛

1998.2.25刊
四六判上製
152頁
定価1500円

ら抜きの殺意

ISBN4-88059-249-8 C0074

「ら抜き」ことばにコギャルことば、敬語過剰に逆敬語、男ことばと女ことばの逆転と、これでは日本語がなくなってしまうのでは……。抱腹絶倒の後にくる作者のたくらみ。第1回鶴屋南北戯曲賞受賞。

永井　愛

1998.10.25刊
四六判上製
184頁
定価1500円

見よ、飛行機の高く飛べるを

ISBN4-88059-257-9 C0074

「飛ぶなんて、飛ぶなんてことが実現するんですもん。女子もまた飛ばなくっちゃならんのです」――明治末期の時代閉塞を駆けぬけた女子師範学校生たちの青春グラフィティー。

永井　愛

2000.4.25刊
四六判上製
176頁
定価1500円

兄 帰 る

ISBN4-88059-267-6 C0074

「世間体」「面子」「義理」「人情」「正論」「本音」……日本社会に広く深く内在する〈本質〉をさらりと炙り出す。永井ホームドラマの傑作！
第44回岸田戯曲賞受賞。

岩松了

恋する妊婦

1996.7.25刊
四六判上製
192頁
定価1500円
ISBN4-88059-215-3 C0074

海辺に打ち上げられたクラゲを踏んだ「妊婦」は、はたして何に恋をしたのか――いっしょに歩いていた若い恋人だったのか。
大衆演劇の一座を舞台に、鬼才・若松了が描く「反」劇的迷宮世界！

岩松了

月光のつゝしみ

1996.5.25刊
四六判上製
160頁
定価1500円
ISBN4-88059-216-1 C0074

雪降る都・金沢に生まれ育った姉弟。首都圏の市役所に職を持った弟は、若い娘と結婚する。突然そこへ、教員生活をしていた姉が職を捨てて寄寓する。共通の幼染みが婚約者を伴って訪問する。その日、事件が起こる。

岩松了

鳩を飼う姉妹

1999.6.25刊
四六判上製
176頁
定価1500円
ISBN4-88059-252-8 C0074

大都市近郊の谷あいの街。中年の夫婦と離婚した一人息子、離れにタウン新聞を発行する兄。その近くに鳩を飼う未婚の双子の姉妹が下宿屋を営んでいる。その双子はともに中年の主人に恋心を抱いていた。

岩松了

赤い階段の家

1999.7.25刊
四六判上製
160頁
定価1500円
ISBN4-88059-253-6 C0074

『鳩を飼う姉妹』より数年前の話。高校野球のエースであった隣の主人にともに恋心を抱いたまま年老いた姉妹の住居が舞台。隣の一人息子と彼に恋慕する娘と許婚とが劇的世界に絡む。

如月小春戯曲集

如月小春のしばい

1984.6.15刊
四六判上製
180頁
定価1200円
ISBN4-88059-077-0 C0074

如月小春の戯曲の原点を示す「ロメオとフリージアのある食卓」と「リア王の青い城」を収録する。

如月小春

如月小春のフィールドノート

1984.7.25刊
四六判上製
164頁
定価1200円
ISBN4-88059-078-9 C0074

正真正銘の第１エッセイ集。小春の演劇についての全発言集だ。演劇へのかかわりから現在までがこの一冊で分かる。演劇大好きの諸君必携のテキストブック。

小松杏里　劇本！

1987.4.30刊
四六判上製
192頁
定価1600円
ISBN4-88059-105-X C0074

1977年から88年まで、特異な劇世界を垣間見せてくれた「演劇舎蟷螂」の主宰者・小松杏里の第一の戯曲集。代表作「銀幕迷宮」「飛行少年・夢の乙丸」の2篇を収める。

小松杏里

莫／月の兎

1994.3.25刊
四六判上製
192頁
定価1600円
ISBN4-88059-184-X C0074

あなたは、どこから来て、どこへ行くのか……東京の小劇場演劇シーンから離れ、21世紀演劇に向けて独自の活動を綴る、小松杏里の第2戯曲集。

小松杏里

おとぎげき　小松杏里戯曲集

1995.5.25刊
四六判上製
248頁
定価1600円
ISBN4-88059-207-2 C0074

万華鏡的劇世界を構築する小松杏里〈月光舎〉が、誰もが知っているメルヘンを題材に、妖しくも美しく、笑いと毒に満ちた演劇を作り上げた。今や伝説と化した演劇舎蟷螂最終公演を含む二作品を収録。

金杉忠男戯曲集

説教強盗

1981.7.25刊
四六判上製
288頁口絵1頁
定価1800円
ISBN4-88059-045-2 C0074

大崎・中村座を拠点に、独自の劇空間を築いてきた、中村座の基盤をなした金杉忠男の第1作品集。時代状況への鋭い反問に満ちた旋律がここにある。「一本刀土俵入り」「説教強盗」「四ツ木橋自転車隊」を収録。

金杉忠男第2戯曲集

竹取物語

1983.8.25刊
四六判上製
208頁口絵1頁
定価1500円
ISBN4-88059-067-3 C0074

中村座座付作者、演出家である金杉忠男の代表作。見失われた地霊との交感のうちに祝祭的演劇空間をつくりだす卓抜な作劇術を示す「亀戸十三間通り」「竹取物語」の2本を収めた。

金杉忠男第3戯曲集

花の寺

1986.1.25刊
四六判上製
224頁口絵1頁
定価1800円
ISBN4-88059-089-4 C0074

役者の身体、演技に一貫してこだわりつづける金杉忠男の最近作「花の寺」、「花の寺Ⅱ」を収める。老婆たちの集う花の寺が、一閃、現代の根を照らし出す秀作。

坂手洋二

ブレスレス／カムアウト

1991.6.25刊
四六判上製
376頁
定価1800円
ISBN4-88059-152-1 C0074

東京のゴミにことよせて、人間関係の稀薄さ、孤独を鋭く抉り出す第35回岸田戯曲賞受賞作「ブレスレス」のほか、同性愛を真正面から取り上げた「カムアウト」を収録する、待望の第一戯曲集。

坂手洋二

トーキョー裁判／危険な話

1991.6.25刊
四六判上製
280頁
定価1800円
ISBN4-88059-153-X C0074

大韓航空機爆破事件＝「トーキョー裁判」、自民党本部爆破事件＝「危険な話（OFF SIDE）」。危険な話を題材に、現在の深層をネガティブに描き出した俊英の力作戯曲集。いまもっとも注目される若手劇作家の代表作である。

坂手洋二

火の起源

1994.9.25刊
四六判上製
136頁
定価1500円
ISBN4-88059-195-5 C0074

「火」は爆弾、生命、曖昧、自由……。
炎は燃えているのか、燃やされているのか。
「燐光群」の坂手洋二は燃えている。劇団青年座40周年記念公演の脚本の２。

坂手洋二

青空のある限り

1996.5.25刊
四六判上製
168頁
定価1500円
ISBN4-88059-218-8 C0074

敗戦。占領軍のベースキャンプにやってきたジャズメンとダンサーたち。彼らには、戦争によって受けた過去と、そして未来があった。しかし、現在は——。これは青春のスウィング・ジャズ・ストーリーである。

坂手洋二

くじらの墓標

1998.1.25刊
四六判上製
144頁
定価1500円
ISBN4-88059-241-2 C0074

「くじらの墓標」は、記憶を呼び覚ます劇薬だ。
自然との戦い、血のたぎりを喚起する幻想と現実。
坂手は自然から切り離されたわれわれの深層意識を激しく揺さぶる。